Deuda de gratitud

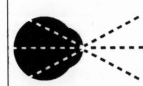

Deuda de gratitud

Linda Conrad

Thorndike Press • Waterville, Maine

Published in 2004 by arrangement with Harlequin Books S.A.
Publicado en 2004 en cooperación con Harlequin Books S.A.

Thorndike Press® Large Print Spanish.
Thorndike Press® La Impresión grande española.

The tree indicium is a trademark of Thorndike Press.
El símbolo del árbol es una marca registrada de Thorndike Press.

The text of this Large Print edition is unabridged.
El texto de ésta edición de La Impresión Grande está inabreviado.

Other aspects of the book may vary from the original edition.
Otros aspectros de éste libro podrían variar de la edición original.

Set in 16 pt. Plantin.
Impreso en 16 pt. Plantin.

Printed in the United States on permanent paper.
Impreso en los Estados Unidos en papel permanente.

Library of Congress Cataloging-in-Publication Data

Conrad, Linda.
    [Gentrys. Abby. Spanish]
    Deuda de gratitud / Linda Conrad.
        p. cm.
    Originally published as: The Gentrys: Abby.
    ISBN 0-7862-6708-9 (lg. print : hc : alk. paper)
    1. Large type books.   I. Title.
PS3603.O5564G4518 2004
  813´.6—dc22   2004051686

Deuda de gratitud

Prólogo

Boletín de sociedad

El día dieciséis del presente mes, la pareja de rancheros locales Cinco y Meredith Gentry, recientemente casados, tiene el gusto de celebrar una fiesta de barbacoa con ocasión del vigésimo cuarto cumpleaños de la hermana del señor Gentry, Abigail Josephine Gentry.

Abby Jo, como se la conoce entre amigos, acaba de regresar a Gentry Wells tras graduarse en Gestión de Ranchos en Texas.

Se espera que la barbacoa de cumpleaños sea el acontecimiento social de la temporada. Los afortunados asistentes no solo disfrutarán de comida y bebida en abundancia, sino también de diversión en cantidades industriales y un baile que durará hasta el amanecer. Corre el rumor de que los Dixie Dudes, una de las mejores orquestas de country de toda Texas, interpretarán algunos de sus mejores temas para algarabía de los asistentes.

Quien escribe estas líneas, no les quepa duda, ya está sacando brillo a las hebillas de plata y probándose las botas de serpiente en espera de esta estupenda fiesta.

Capítulo Uno

Abby Gentry puso una mueca al desmontar y poner los pies sobre el suelo polvoriento del Rancho Gentry. Llevó al caballo bajo la sombra de un árbol, sacó una cuerda, miró hacia el riachuelo. Le dolían todos los huesos y músculos del cuerpo.

Con lo joven que era, cabalgar durante diez o doce horas no debería ser nada del otro mundo. En una semana cumpliría los veinticuatro, de modo que debería ser capaz de aguantar esfuerzos mucho mayores. Para algo había nacido a lomos de un caballo. Abby exhaló un suspiró y decidió atribuir aquellos pinchazos a haber pasado demasiado tiempo sentada mientras estudiaba en la universidad.

Sacó un pañuelo, se quitó el sombrero y se secó el sudor de la frente y de la nuca antes de ponerse el sombrero de nuevo. Calzada con unas botas de montar llenas de polvo, estiró las piernas mientras pisaba con fuerza. Abby siempre había trabajado con agrado en las labores del rancho y en esos días necesitaba dejarse ver. Su sueño de convertirse en capataz parecía casi a su alcance.

Abby se giró para ver si su compañero, Billy Bob Jackson, aparecía a sus espaldas. No vio rastro alguno del anciano al que conocía desde que era una niña. Este le había dicho que se adelantara mientras él hacía una pausa para descansar.

La idea era cabalgar al trote por el perímetro del cercado hasta que Billy Bob recuperase el terreno perdido. Pero mientras guiaba el caballo, había visto la sombra oscura de un animal junto al riachuelo.

Supuso que sería alguna de las crías que se habían extraviado mientras reparaban el vallado y los molinos de la zona en los tres últimos días. Hacía meses que un depredador estaba atacando a los terneros del Rancho Gentry. Parte de su trabajo consistía en salvar a los animales a los que pudiera salvarse y encontrar pruebas de cómo habían muerto los otros.

Si el ternero del riachuelo ya estaba muerto y no había remedio, Abby confiaba en poder sacar, por lo menos, una conclusión fundamentada de cómo había perdido la vida. Ató la cuerda al árbol y, tras acercarse al borde de un pequeño barranco, a cuyos pies discurría el río, hizo un lazo con el cabo libre de la cuerda y se metió dentro de él.

En realidad se alegraba de que Billy Bob se hubiera retrasado. Habría querido ser él quien bajara entre las rocas para examinar el cadáver del animal.

Mientras descendía, el sol abrasador de la tarde calentaba los cantos calizos del fondo del riachuelo. Abby sentía como si la sangre de sus venas empezara a hervirle mientras trataba de alcanzar el suelo.

Cuando sus botas tocaron tierra, se resbaló, pero en seguida recuperó el equilibrio. Se sacó la cuerda por encima de la cabeza y se acercó al cuerpo quieto y oscuro que yacía inmóvil a unos pocos metros.

Al aproximarse, vio la verdad. Chasqueó la lengua al darse cuenta de que no se trataba de un animal... sino de un hombre. Un hombre herido de gravedad, si no muerto, que no se había movido ni quejado en todo el tiempo que Abby había tardado en bajar el barranco.

Apartó un par de rocas que había junto a su cuerpo y se hizo el espacio justo para arrodillarse a su lado. Entonces comprendió por qué le había parecido que era un animal. Todo él oscuro y sombrío: pelo negro,

11

piel muy bronceada, vaqueros negros y una camisa de mangas largas también negra.

En seguida dedujo que debía de ser un indígena, lo que no era habitual en el condado de Castillo. De hecho, solo recordaba haber visto a un indio americano en aquellas tierras. Sería demasiada casualidad que ese hombre fuese el mismo chico que la había defendido contra un matón del instituto diez años atrás. Desde entonces, había soñado con él de vez en cuando y quizá las fantasías se habían terminado apoderando de su sentido común.

Abby aparcó sus viejos sueños y las imágenes eróticas que había alimentado en su corazón durante tanto tiempo y se obligó a concentrarse en salvar al herido. ¿Tendría salvación?

La pequeña brecha de la sien y el pequeño reguero de sangre seca sobre la mejilla no debería haberlo dejado inconsciente, pensó. Como mucho, le habría hecho perder el conocimiento un par de segundos, por el golpe, pero seguir así tanto tiempo...

Tal vez se había caído desde arriba. Abby miró el borde del barranco y negó con la cabeza. De ser así, probablemente se habría roto el cuello.

Comprobó si tenía pulso. ¡Estaba vivo! El corazón le latía sin fuerza y, aguzando el oído, lo oyó resollar mientras trataba de respirar. Pero no cabía duda de que estaba vivo.

Sus conocimientos médicos y de primeros auxilios apelaron a su sentido común y le recordaron que no debía moverlo. No podía saberse el alcance de sus lesiones. Por otra parte, ella era la única que podía ayudarlo, su única esperanza de salir con vida de aquel riachuelo antes de deshidratarse.

Abby le abrió la boca en busca de algo que obstruyera el paso del aire, por lo que respiraba con dificultad. Cuando le puso la mano en la barbilla, casi la retiró de golpe. Tenía la piel tan caliente que pensó que se había quemado, pero se obligó a seguir adelante.

No había hemorragias ni otras heridas de relevancia. ¿Qué le habría ocurrido a aquel hombre?

Mientras le desabrochaba el botón superior de la camisa para que pudiera respirar mejor, Abby se paró a contemplar su agraciada cara. A pesar de estar inconsciente, tenía una expresión de dolor en el rostro. Pero también vio las facciones nobles que había recordado todos esos años, tal vez más marcadas y, de alguna manera, más atractivas. ¡Dios!, ¡aquel hombre era de veras el chico de sus sueños!

Haciendo lo posible por actuar con profesionalidad, le abrió la camisa y en seguida vio que tenía el cuello hinchado. Oh, oh. Tenía la sensación de que sabía lo que había pasado.

Rápidamente, Abby inspeccionó sus brazos, pero no encontró lo que buscaba. Luego deslizó la mirada por su largo torso y las piernas, deteniéndose al ver que el muslo izquierdo también estaba hinchado, tenso contra la costura de los vaqueros. Justo lo que se había temido. Una mordedura de serpiente.

Sacó el cuchillo de la funda del cinturón y empezó a cortarle el pantalón. La tela era tan dura que tuvo que tirar con fuerza y desgarrarla. En un momento hasta tuvo que usar dientes y manos además del cuchillo.

Cuando por fin dejó el muslo al descubierto, lo examinó en busca de la dentellada. A esas alturas, la parte inferior del muslo había duplicado su tamaño y estaba amoratada, verde y amarilla. Tras ladearlo con cuidado, descubrió las heridas en la parte trasera de la pierna, justo encima de la rodilla. Todo apuntaba a una serpiente de cascabel.

Volvió a ponerlo boca arriba y le echó la cabeza hacía atrás para que no se atragantara con la lengua. Mientras, la visión de aquellos hombros anchos y musculosos la abrumaron de recuerdos y sentimientos tiernos. Pero no había tiempo para delicadezas. Su vida estaba en peligro.

Abby lo abandonó unos instantes para regresar junto a la cuerda, que seguía colgando desde lo alto del barranco. Trepó hasta arriba y se encontró a Billy Bob esperando a que volviera.

—¿Qué pasa ahí abajo? —preguntó mientras ella recogía la cantimplora y el maletín contra las mordeduras de serpiente—. ¿Intentas curar a un novillo? Más vale que utilice la escopeta para acabar con sus penas, señorita.

—No, no es uno de los terneros —dijo con voz rugosa por el miedo—. Es un hombre. Está malherido.

Abby reprimió un sollozo nervioso. Nunca había asistido a nadie tan grave. Si se moría...

De vuelta junto al riachuelo, dio gracias a Dios por el antídoto. Abby actuó siguiendo los pasos que le habían enseñado: primero extrajo el máximo de veneno que pudo y luego le inyectó el antídoto.

El resto dependía de Dios.

Al cabo de unos minutos, vio que la hinchazón empezaba a remitir. Respiraba con más facilidad, le temblaban los párpados, como si estuviera luchando por recobrar la consciencia.

Quizá tenía una insolación. Abby se humedeció el pañuelo, lo pasó por la frente del hombre y lo dejó cubriéndole la cara del sol. Sabía que tenía que llevarlo al hospital. Necesitaba tratamiento médico profesional.

Los teléfonos móviles no tenían cobertura allí y necesitarían cabalgar durante horas para conseguir ayuda. Pero antes tenía que resguardarlo del sol. ¿Pero cómo se las arreglaría para hacerlo?

Miró a su alrededor y no vio más que los muros del barranco. En fin, tendría que hacer lo posible. La vida de un hombre estaba en juego.

Por suerte, Billy Bob se había adelantado. Había improvisado una camilla con unas cuantas ramas resistentes, cuerda y unas parras que crecían junto al barranco. Entre tanto, Abby había sacado la venda elástica del maletín de primeros auxilios para mantener presionada la herida.

Después de subir y bajar el barranco un par de veces, Billy Bob y Abby utilizaron sus cuerdas y los caballos para tirar de la camilla, en la que habían tumbado y atado con fuerza el peso muerto del hombre. Cuando terminaron de subirlo, estaba agotada, tenía la camisa empapada y le sudaba cada uno de los poros del cuerpo.

Billy Bob le acercó su cantimplora.

Abby dejó caer unas gotas sobre los labios agrietados del hombre y dio un par de sorbos de un agua a sabor metálico. Billy Bob hizo lo mismo a continuación.

—Tenemos que encontrar una forma de que no le dé el sol —dijo ella tras cerrar las alforjas de su caballo—. La caseta veintitrés no queda muy lejos, ¿no?

—Como a un kilómetro —respondió Billy Bob mientras ataba la camilla por detrás de su caballo, Patsy, al más puro estilo piel roja—. Por suerte, porque no creo que esas ramas puedan aguantar mucho más.

Abby le dio toda la razón. La camilla dejaba mucho que desear, pero debía aguantar entera lo suficiente. Eso esperaba.

La caseta resultó estar a medio kilómetro nada más, pero tardaron en alcanzarla mucho más de lo que había previsto. Cuando desmontó y abrió la puerta, el sol, de finales de primavera, había empezado a bajar por el horizonte, proyectando grandes sombras en cada roca y cada árbol. La camilla, que había resistido de una pieza hasta ese instante, había empezado a aflojarse y no tardaría en desvencijarse por completo.

Dentro de la caseta hacía un calor intenso. Abby corrió a abrir la puerta y las ventanas, salvo una que se había roto y estaba tapada con tablas. Por fin, una brisa seca y polvorienta sopló por la única habitación. La temperatura disminuyó, aunque no lo suficiente para que resultase agradable.

Mientras Billy Bob desataba la camilla de Patsy, Abby sacó las mantas para el catre y la litera de la cabaña. Luego, a pesar del calor, encendió un fuego en un hornillo de la cocina. Quería calentar algo de agua para limpiar las heridas del hombre antes que nada.

Billy Bob empujó con un codo la puerta, que se había cerrado con un golpe de aire. Metió al herido, medio cargándolo a cuestas, medio arrastrándolo, y se sentó en el catre.

Era la primera vez que se paraba un rato a mirar bien al hombre al que había ayudado a rescatar. No era normal encontrarse con un indio americano. Menos todavía en las tierras del Rancho Gentry. Se puso de pie y siguió mirándolo.

El hombre emitió un gruñido y abrió los ojos en un intento de despertar de la neblina que lo envolvía. Abby solo alcanzó a ver sus ojos negros un segundo. Pero fue suficiente.

Definitivamente, era el chico del que se había enamorado en el instituto. Lo había olvidado.

Aunque no, en realidad nunca había olvidado aquellos ojos hechizantes. Quizá los había enterrado en algún rincón de la cabeza junto con ciertos sentimientos inquietantes, pero no había llegado a olvidarlo del todo.

–Este es el indio del Rancho Skaggs, ¿no? –comentó Billy Bob al tiempo que se rascaba la pelusa de la barbilla.

Sí, no le cabía duda de que se trataba del hijastro del dueño del rancho vecino. Abby rebuscó en el subconsciente, tratando de hacer memoria:

–Sí, se llama Gray Lobo Parker y es el hijastro de Skaggs –confirmó. No lo había visto desde que ella estaba en el primer curso del instituto y él en el último, pero esa parte se la reservó para cuando estuviera sola–. Billy Bob, sabes que el móvil no funciona aquí, ¿verdad? –comentó entonces.

Billy Bob miró hacia Abby y asintió con la cabeza.

–¿Puedes cuidar de Gray mientras me acerco al rancho? –preguntó ella–. Calculo que en unos veinticinco kilómetros tendré cobertura. Llamaré al helicóptero de urgencias para que vengan a la caseta en cuanto pueda ponerme en contacto con ellos.

Billy Bob frunció el ceño, arrastró los pies e intentó quitar el polvo de su sombrero golpeándolo contra un lado del muslo, cubierto de chapas. Abby no debía haber empleado un tono tan autoritario. Al fin y al cabo, su intención era convertirse en su jefe en breve. Necesitaba que él y resto de los hombres estuvieran de su parte y empezasen a verla como la nueva capataz.

–Mire, señorita. Ya ha bajado el barranco cuando era demasiado peligroso. Entonces no estaba para impedírselo, pero Jake y Cinco me despellejarían si dejo que cruce el rancho de noche. Cinco me dio órdenes estrictas de velar por su seguridad.

Sin darle tiempo a responder, Billy Bob salió de la caseta para escupir tabaco de mascar.

Condenación. Varios pensamientos se

agolparon en su cabeza. En primer lugar, seguía diciendo señorita con el tono infantil con el que la llamaba cuando era una niña. ¿Por qué no la llamaba simplemente Abby?

Y, en segundo lugar, ¿qué hacía su hermano ordenando a nadie que velaran por su seguridad? No tenía derecho a entrometerse en su vida de esa forma.

—Volveré al rancho —continuó Billy Bob cuando volvió a entrar—. Conozco esta parte del terreno mejor que usted. Además, yo no sabría cuidarlo. Quédese con él.

Abby contuvo un torbellino de emociones. Dudó. Quería ser ella la que tomara las decisiones. Pero era demasiado pronto para forzar las cosas. Sí, era una Gentry. Y sí, técnicamente poseía un tercio del rancho. Pero todavía no había demostrado que se merecía el respeto de jóvenes y viejos para que siguieran sus instrucciones.

Se tragó su orgullo y asumió que, probablemente, Billy Bob tenía razón. Era verdad que conocía mejor que ella esa parte del rancho. Llegaría más rápido a una zona con cobertura telefónica. Lo lógico era que fuese él.

Pero no quería quedarse a solas con Gray Parker, tan fuerte y atractivo.

¡Ey!, ¿de dónde salía esa tontería? Su

vecino seguía inconsciente y probablemente no reaccionaría en toda la noche. En realidad no tenía nada que temer, salvo sus propios y repentinos deseos. Además, él necesitaba que terminase lo que había empezado y que se asegurara de que volvía a casa con vida.

Abby le entregó el móvil a Billy Bob, le dio instrucciones y siguió recordándose que no tenía nada de qué preocuparse.

Billy Bob montó en su yegua y la miró desde arriba.

–Ha hecho un buen trabajo salvando la vida de Parker. Su padre habría estado muy orgulloso de usted, Abby Jo. Pero no me pronuncio sobre su capacidad como capataz cuando llegue el momento –le dijo. Abby nunca lo había oído decir tantas frases seguidas. Billy Bob enfiló el caballo hacia el rancho–. Cuídese y cuide al joven. El helicóptero llegará al amanecer. Se lo prometo, señorita –añadió al tiempo que se daba un toquecito en el ala del sombrero.

Al menos había dicho «señorita» en otro tono. Con más respeto. En fin, por algo se empezaba.

Cuando Abby volvió a la cabaña, descubrió

que las sombras frescas del anochecer les habían librado de aquel calor asfixiante. El interior estaba tan oscuro que tuvo que encender un par de lámparas de queroseno.

El cazo de agua que había puesto en el fogón había empezado a hervir, de modo que se puso manos a la obra. Vertió un poco del agua caliente en el fregadero y se lavó las manos y la cara. Era tan agradable quitarse el polvo y el sudor que casi gritó de placer. Luego tenía que limpiar a su paciente y ponerlo cómodo.

Calma. No había razón para perder los nervios. Abby regresó junto al herido, lo miró. De pronto comprendió que no iba a tener más remedio que tocarlo para atenderlo. Revivió el enamoramiento adolescente, la timidez de cada vez que se le acercaba, era como si se hubiese convertido de nuevo en una quinceañera.

Permaneció quieta como un palo estudiando el cuerpo de Gray. Obviamente, había cambiado algo desde la última vez que lo había visto. Era curioso: vivían en ranchos vecinos y no se habían cruzado en casi diez años.

La última vez que se lo había encontrado él era un chico de dieciocho años, larguirucho, de perpetua expresión tirante. Se había vuelto un hombre adulto: recio, atlético, de hombros anchos, todo su cuerpo había ensanchado. ¡Guau! Cerró los ojos y contó hasta diez, tratando de identificar un temblor nervioso que no sabía a qué atribuir con precisión.

Cuando abrió los ojos, advirtió que llevaba el pelo mucho más corto de como recordaba. Negro y tupido, no le llegaba a la nuca. En el instituto, en cambio, llevaba el pelo largo y suelto, aunque solía recogérselo por detrás en una coleta. Para una chica joven, un pelo así no solo resultaba curioso, sino que tenía un tirón erótico tremendo.

Por otra parte, esos cabellos cortitos parecían estar suplicando una caricia. La mano de Abby se extendió por propia iniciativa, pero la retiró y se obligó a concentrarse en las heridas.

Los recuerdos no dejaban de acecharla. Gray no había sido especialmente amigable con el resto de los chicos del instituto. Se había mantenido distante, mirándolos con aquellos ojos de ébano. Pero a todas las chicas se les caía la baba cada vez que lo veían... y Abby no era la excepción.

Pero sus ojos la habían intimidado. La asustaban. Había algo en ellos que no conseguía comprender, algo que la hacía sentirse incómoda, tensa, nerviosa.

Además, Abby no se chiflaba por los chicos. No quería salir con ellos. Si podían ser amigos, estupendo. Si no, ella montaba, peleaba y trabajaba más que ninguno. Y hasta entonces, así estaba contenta.

Con todo, sí que recordaba aquella vez en que Gray se había puesto de su lado, convirtiéndose en su héroe de carne y hueso. Se encontró tragándose el nudo de saliva que se le había formado en la garganta simplemente con mirarlo. En ese momento no tenía los ojos abiertos. Tenía los párpados bajados, pero Abby seguía notando la expresión dolorida de sus facciones. Echó mano a los botones de su camisa y decidió aparcar aquellos sentimientos tan estúpidos y ocuparse del herido.

Así resuelta, consiguió desabrocharle los botones y se la quitó.

Ya estaba. ¿Lo veía? No era tan difícil...

¡Vaya! Se quedó helada al verle el torso desnudo. Ancho, musculoso, tan viril que casi la dejó sin aire en los pulmones. A la tenue luz de las lámparas, pudo apreciar una pátina de sudor sobre su piel suave y sin vello, reluciendo como un lago en luna llena.

No pudo evitar bajar los ojos hacia su cintura, y por debajo incluso, a esa parte cubierta por los vaqueros apretados y desgastados, que anunciaba a gritos lo hombre que era. Y más que la mayoría, advirtió.

Pero de pronto devolvió la mirada hacia unas cicatrices que le atravesaban el abdomen como las alas de un pájaro. Cortes. Pero no eran heridas recientes y sí que seguían un patrón.

El impulso de acariciar las cicatrices con las yemas de los dedos estuvo a punto de consumirla. Deseaba curar su piel, sanar sus viejos dolores.

Abby retiró la mano antes de tocarlo y procuró mantener la concentración. Gray necesitaba que lo ayudase para sobrevivir. Podía hacerlo. Estaba sin sentido y parecía recobrar y perder la consciencia intermitentemente. A veces hasta dirigía la mirada hacia ella; luego se le cerraban los ojos. Abby rezó por que mantuviera cerrados esos ojos negros lo máximo posible.

Media hora después, mientras retiraba las toallas y el agua enjabonada, se felicitó por haber permanecido tan calmada y distante. Había sabido que su naturaleza práctica acabaría ganando la partida. Al fin y al cabo, no era más que un hombre. Por lo general no le costaba olvidarse de cualquier ligero cosquilleo ante un espécimen masculino bien formado. Menos si estaba herido.

Mientras preparaba un poco de caldo de pollo para los dos, pensó en su actuación ese día y se sintió satisfecha. Había sido fuerte, sensata y decidida. Justo las cualidades que su profesor de Gestión de Ranchos en la universidad había destacado para ser un capataz profesional.

Y ser capataz del Rancho Gentry era todo cuanto había soñado en la vida.

Al cabo de un rato, Gray despertó lo suficiente para que Abby le mantuviese la cabeza levantada y le diera alguna cucharada de sopa. Mientras lo hacía, pensó en lo orgulloso que se sentiría Jake.

Había sido el capataz del rancho desde que era una niña pequeña. Jake Gómez siempre había sido su ídolo y modelo y la había animado a que luchara por sus sueños y se presentara candidata al puesto llegado el momento.

Eso sí, convencer a su hermano mayor Cinco para que le diera el puesto le iba a exigir poner en ello todo su empeño y entusiasmo.

Abby apartó el plato de caldo, aliviada ante la expresión definitivamente más calmada de Gray. Ya no parecía tan dolorido. Quizá pasara una buena noche.

Después de lavar los platos y las cucharas, supuso que si él conseguía descansar, tal vez ella pudiera echar unas cabezadas también. No se dormiría profundamente, pues debía mantenerse alerta a cualquier cambio en la respiración de Gray, pero un sueñecito no le haría daño a nadie.

Abby se desabrochó unos botones de la camisa y se aflojó el cinturón para ponerse cómoda. Luego apagó dos de las lámparas y bajó la llama de la que había puesto junto al catre de Gray. La luz se proyectaba contra el techo de la caseta, formando sombras siniestras para jugar al escondite con sus pensamientos.

Abby sintió un escalofrío, pero decidió que estaba haciendo el tonto. Al ir hacia la litera, olió a humo. Pero había apagado el fogón hacía siglos, después de calentar el caldo. Y las lámparas solo olían a queroseno, no a humo.

Se sonrió, fue a las ventanas y se aseguró de dejarlas bien abiertas. En realidad no había refrescado tanto desde que se había ido el sol. Lo justo para disfrutar de una temperatura más agradable que cuando el sol estaba en lo alto del cielo.

En una de las ventanas respiró profundo para despejar la cabeza. Pero el olor a humo era todavía mayor afuera. Entonces advirtió que no solo estaba oliendo a humo, sino a humo de tabaco para pipa concretamente.

Pero, ¿dónde... quién estaría fumando? Sintió miedo, un subidón de adrenalina recorrió sus venas.

Corrió a cerrar las ventanas y bloquear la puerta, atenta a algún ruido de Patsy que anunciase la presencia de otro caballo o de algún intruso que se acercaba. Pero el silencio absoluto de la noche la preocupó más de lo que lo habrían hecho esos sonidos. ¿Dónde estaban los ruidos de la noche?, ¿el canto de los grillos, el frufrú de las hojas? Los ruidos normales habían desaparecido.

Abby agarró el rifle de la esquina y se sentó en la silla que había arrimado al catre de Gray. Se abrazó el cuerpo cruzándose de brazos, como si así pudiera mantener la estabilidad del mundo pasara lo que pasara.

El silencio era ensordecedor. Y el olor a humo de tacaco mayor que nunca.

En un movimiento instinto, dejó el rifle en el suelo y tocó la frente de Gray con la mano para confirmar que seguía respirando. Parecía tranquilo y su piel estaba fresca y seca. Justo entonces, un ruido de tambores atravesó la noche.

¿Tambores?, pensó agitada. No tardó en sentir la percusión de los tambores dentro del pecho. El corazón le palpitaba como si una criatura viviente se hubiese apoderado de ella y ordenara el ritmo de sus latidos.

Cerró los ojos y se forzó a mantener la serenidad. Otro sonido, el mágico sonido de una flauta antigua, traspasó las paredes y se coló en su inconsciente.

Con los párpados bajados contra cualquier mal que pudiera acaecerles, volvió a tocar a Gray. Necesitaba el calor de otro ser humano.

Al tocar el vacío, abrió los ojos de golpe. Justo antes de desmayarse contra el suelo de madera, el cerebro de Abby se negó a creer lo que sus ojos revelaban claramente.

El catre estaba frío y vacío. Gray había desaparecido.

Capítulo Dos

—**V**en conmigo, hijo.

—¿Padre?, ¿*Ahpi*? —preguntó confundido Gray. ¿De veras era su padre el que lo estaba agarrando por el brazo, pidiéndole que lo siguiera? Imposible. Su padre había muerto hacía años. ¿Acaso estaba él también muerto por la mordedura venenosa?, ¿lo había mandado su hermana, la serpiente cascabel, al reino de sus antepasados?

Gray no quería morir. Intrigado por el recuerdo de la chica que había luchado por salvarlo, quería más tiempo. Recordaba sus esfuerzos heroicos, a pesar de que no había podido hablar con ella. El tacto frío de sus manos sobre su cuerpo enfebrecido seguía aliviando su espíritu.

Gray miró a su alrededor, pero no vio más que figuras oscuras, nubes brumosas de sombras fantasmales.

—Padre, ¿adónde me llevas? —Gray oyó el graznido agudo del águila y, más allá, el tamborileo de su propio corazón.

—*Nemene*, nuestro pueblo, desea hablar

contigo a través de los velos neblinosos del tiempo. Escucharás con el corazón.

–Sí, *Ahpi*. Como quieras, pero...

Antes de terminar la frase, Gray vio la figura de su madre, de pie ante él. Una punzada de dolor le desgarró el corazón.

–Madre.

–No, hijo mío. Soy Pia, madre de todos los hombres. Me presento a ti en una forma que se grabe en tu corazón. Borra el dolor de tu alma, Gray Lobo Parker. Tu madre te lo pide. Ábrete a la sabiduría de los espíritus ancestrales.

Sacudió la cabeza. Tenía que tratarse de algún sueño raro o una alucinación provocada por la mordedura de serpiente. O... quizá estaba realmente muerto.

–No, hijo –contestó la anciana sin necesidad de que Gray pusiera voz a sus pensamientos–. Tu cuerpo aún no ha dejado nuestro hogar terrenal. Hemos venido a darte *puha*... gran medicina. Hemos venido a mostrarte tu sueño.

–Pero por qué. ¿Por qué yo?

Gray sintió las sonrisas de muchos, aunque, de pronto, la imagen de su madre se había desvanecido y no podía ver a nadie entre la niebla.

–Eres uno de nosotros. Basta con eso

—dijo la figura entre sombras—. Trabajas para devolver el rebaño a la tierra de los antiguos cazadores. El consejo te honra y te nombramos jefe... como tú nos honras a nosotros.

Una segunda voz habló desde una bruma invisible.

—Vivirás para finalizar tu misión. Tendrás una vida larga y productiva, darás muchos frutos a *nemene*. Tu destino lo afirma.

Seguía aturdido. Todavía no entendía que intentaban decirle.

—Pero, padre, yo no...

—Recuerda que un jefe debe proteger y ser leal a su pueblo. El honor, hijo mío, será la mejor medicina y te dará muchos años de vida.

Las voces y el tamborileo del corazón empezaron a apagarse. Gray volvió a sentir el dolor. Era curioso: no había notado el dolor de la pierna hasta ese momento.

Sus antepasados le susurraron una última cosa:

—Honor, Gray Lobo Parker. No lo olvides. Siempre hay que elegir el honor.

Y luego desaparecieron.

Gray respiró hondo y se dio cuenta de que

tenía los ojos cerrados. Cuando los abrió, tardó unos minutos en examinar el entorno.

La luz tenue de la lámpara iluminaba la caseta en la que estaba tumbado sobre un catre. Intentó distinguir las formas y los muebles bajo las sombras llameantes de la lámpara. Pero la cabeza le daba vueltas y el corazón le latía demasiado rápido.

Gray puso los pies en el suelo, despacio, y sintió un pinchazo penetrante en el muslo. Apretó los dientes, afirmó las plantas y se incorporó hasta sentarse. Luego hizo un pequeño repaso de sí mismo y del lugar. Vio que no llevaba la camisa puesta, que alguien le había desgarrado los pantalones y le había puesto una venda elástica en el muslo herido.

¿La chica?, recordó. Los ojos se le acostumbraron a la oscuridad y miró a su alrededor en busca de alguien cercano. Entonces la vio.

Había estado a punto de pisarla al poner los pies en el suelo para incorporarse. Tirada en el suelo, parecía haberse desmayado. En un súbito ataque de pánico, Gray se agachó a tocarle la mejilla. Caliente, suave, definitivamente viva. Exhaló aliviado.

Sonrió mientras observaba el cuerpo relajado de la mujer. En medio de la bruma de dolor y delirios de las últimas veinticuatro horas, recordaba la fuerza y delicadeza con que lo había ayudado. Al mirarla entonces, le pareció mucho más pequeña y de mejor complexión de lo que había imaginado al principio.

El pelo le brillaba, con destellos rojos, a la luz de la lámpara. Tenía la nariz salpicada de pecas. Parecía una chiquilla, lo que no era posible, dado el esfuerzo que había llevado a cabo para rescatarlo.

¿Qué hacía durmiendo en el suelo?

–Eh... perdón –dijo mientras le sacudía un hombro con la máxima delicadeza–. ¿Estás cómoda ahí tirada?

–¿Qué...? –Abby se sentó. El pelo le cayó sobre los ojos. Se lo retiró con una mano–. ¡Estás aquí! Y estás... vivo –añadió tras pararse a respirar hondo.

–Sí, claro. Gracias a ti. Te recuerdo salvándome la vida.

Se le agrandaron los ojos. Abby parecía estupefacta. La falta de luz le impedía precisar de qué color eran, pero a Gray le parecieron verdes. Siempre le habían gustado los ojos verdes.

–No hice nada que no hubiese hecho cualquiera. Pero creía... –Abby cerró los ojos con fuerza. Cuando los abrió, lo miró a la cara–. ¿Te importa si te toco?

La pregunta le produjo un cosquilleo por el torso, que acabó con un calor sorprendentemente intenso entre las ingles.

–¿Te pasa algo? –respondió mientras le tomaba una mano–. Estás pálida. ¿Te encuentras mal?

Abby se llevó la mano libre a la frente.

–Sí, pero cuando olí el humo y oí los tambores... y luego... te habías ido... –dijo y se puso de pie con la ayuda de la mano que Gray le había tendido–. Pero supongo que no es posible, ¿no? Debe de haber sido un sueño.

–Háblame de los tambores –le pidió intrigado–. ¿Parecían venir de todas direcciones al mismo tiempo?, ¿los sentías colándose dentro de ti como si fueran parte del aire y el viento?

–¿Sabes lo que eran? –contestó ella al tiempo que asentía con la cabeza–. ¿Tú también los has oído?

Gray echó el cuerpo hacia delante y apoyó la frente en las manos. Le dolía la cabeza.

–Creía que había sido un sueño –murmuró.

–Cuéntamelo.

–Tengo que pensar –Gray se frotó las sienes–. No puedo pensar.

–No importa –Abby puso una mano sobre su hombro–. Ya hablaremos luego, Gray.

–¿Sabes mi nombre? –preguntó sorprendido–. Yo no sé quién eres tú. Recuerdo que me has ayudado en el barranco, pero no me suena haberte visto antes –añadió con voz frustrada.

Abby se tragó un pedacito de autoestima. Ella sí que recordaba cuando Gray había tirado de su caballo a Bigelow Yates cuando este había decidido utilizarla como un poste para jugar a tirar el lazo. Algunos de los chicos más bobos de entonces la habían convertido en objeto de sus bromas en más de una ocasión. Probablemente porque les plantaba cara y se negaba a batir las pestañas y dar grititos como las demás chicas.

Pero, aunque Gray había sido su héroe aquel día y siempre la había tratado con respeto, no había la menor razón para que la recordara. Había pasado mucho tiempo y ambos habían cambiado con los años.

–Soy Abby Gentry. Somos vecinos. Y... coincidimos un año en el instituto.

–¿Abby Gentry? –Gray sacudió la cabeza y se pasó la mano por la boca–. ¿De la familia Gentry? No recuerdo... –dijo y volvió a frotarse las sienes.

–Tranquilo, no creo que fuera muy memorable –Abby le puso una mano en el hombro, pero la retiró al sentir un calambre en el brazo al contacto con su piel desnuda–. Intentemos algo más fácil: ¿qué hacías por el riachuelo sin un caballo? ¿Y cómo se te ocurre dejar que una cascabel se aproveche de ti?

Gray puso una mueca y se pasó la mano por la boca de nuevo.

–¿Tienes un poco de agua?

Abby se sorprendió. ¿Cómo podía ser tan cruel? El hombre había estado a punto de morirse, luchando por seguir con vida hasta hacía un rato, y, en vez de atenderlo como a un paciente, se dedicaba a interrogarlo.

Miró con un poco más de detenimiento y vio las ojeras bajo los ojos de Gray.

–Sí, claro. Perdona. No hables. Descansa. El helicóptero de urgencias no tardará en llegar –contestó justo antes de acercarle una taza con agua.

Después de dar un sorbo, se aclaró la garganta y le devolvió la taza.

–Te debo una explicación –dijo Gray mirándola a los ojos–. De hecho, te debo mucho más... Te debo la vida.

–No es nada –Abby negó con la cabeza–.

De verdad, solo me alegro de estar preparada para haber podido ayudarte. No tiene importancia.

–Por supuesto que tiene importancia, Abby Gentry –respondió él, esbozando algo parecido a una sonrisa–. Pídeme lo que sea. Mi vida te pertenece. Para siempre.

Abby retrocedió un paso para poner distancia entre los dos. No sabía cómo tomarse aquella declaración de intenciones tan firme. Negó con la cabeza, empezó a restar mérito a lo que había hecho, pero él le pidió silencio alzando una mano.

–Lo dejaremos estar de momento. Pero haré honor a la deuda con cada aliento –Gray alzó los ojos hacia el techo con la mirada desenfocada–. Recuerdo que estaba cuidando el rebaño. Mis potros llevan unas semanas con problemas con tu vallado. Entonces, cuando descubrí que parte de vuestro rancho daba al barranco del riachuelo, me preocupó que los ponis pudieran colarse. Estaba montando a Nube Tormentosa... a la vieja usanza: sin montura, sin brida. El caso es que me pareció oír un quejido de caballo procedente del riachuelo. No quería que Nube Tormentosa bajara el barranco, por las rocas, así que descabalgué y lo dejé arriba.

—¿Dejaste tu caballo? Volveré a buscarlo. Me ocuparé de que coma y beba y lo llevaré a tu rancho.

—¿Te preocupa mi poni? —preguntó sorprendido Gray.

—Por supuesto —respondió con tal rotundidad que Gray se quedó asombrado.

¿La familia Gentry se preocupaba por un caballo?, ¿de otra persona además?

—No te preocupes por Nube Tormentosa. Va donde quiere y estará tan contento en tu rancho —dijo Gray. Pero todavía no había terminado de contar la historia—. En cuanto a la serpiente, no la vi, ni la oí siquiera. No entiendo cómo la desperté.

—¿Recuerdas cómo te hiciste la herida de la cabeza? —preguntó entonces Abby.

—No —Gray se tocó la sien, hinchada y amoratada—. Debo de haberme dado contra una piedra después de que me sorprendiera la serpiente.

—Eso explicaría por qué no te diste media vuelta y dejaste que te mordiera.

No lo recordaba. El ruido de los tambores había sido tan ensordecedor que había borrado cualquier otra cosa.

¿Se estaría volviendo loco? Necesitaba llamar a su abuelo para preguntarle por el sueño... y por qué esa chica de la familia

Gentry también había oído los tambores.

Nada más pensar en ellos, volvió a oírlos. Habría jurado que los estaba oyendo de nuevo. Pero era imposible. Poco después identificó el ruido: un helicóptero estaba aterrizando fuera de la caseta.

–Los médicos –dijo Abby mientras se dirigía a abrir la puerta–. Debe de haber amanecido.

–Estoy bien –murmuró Gray–. Recuerdo que me has inyectado un antídoto. Es una suerte que lo tuvieras a mano. Pero, en serio, estoy lo suficientemente bien para volver al Rancho Skaggs. Nube Tormentosa no habrá ido muy lejos –añadió. No le apetecía que se lo llevaran en helicóptero por una simple mordedura de serpiente.

Abby lo miró y sonrió. Fue la primera auténtica sonrisa que Gray recordaba haberle visto. Entre la luz de la puerta y la que se filtraba por las rendijas de las ventanas, confirmó lo que esperaba: sus ojos eran gris verdosos.

La sacudida sexual que sintió al verla caminar a su lado lo estremeció. La mujer no tenía nada descaradamente provocador, pero...

Debía de ser eso, pensó. Por primera vez había visto a la mujer que había dentro de aquella fachada de marimacho.

Hacía tanto que no sentía la chispa del deseo, que apenas reconocía la sensación. Regresar a Texas tras la muerte de su madre solo había sido una fuente de angustia, dolor y trabajo. No de mujeres.

Pero no tenía tiempo para esas tonterías. Sobre todo, tratándose de quien le había salvado la vida y, además, de un miembro de la adinerada familia Gentry. Y, como mujer blanca, la sangre del *nemene* no corría por sus venas.

—Parece que sobrevivirás, pero todavía no te has puesto en pie siquiera —dijo ella—. ¿Por qué no intentas levantarte primero? Luego decides si necesitas a los médicos.

Abby le ofreció un brazo para ayudarlo a incorporarse. Gray sintió que la cabeza le daba vueltas, el estómago se le revolvía. Al notar su debilidad, Abby lo acomodó de nuevo en el catre.

—Creo que esto lo aclara todo: si no puedes estar de pie, no puedes volver a casa.

Gray gruñó al ver a la pareja de médicos que entró en la habitación con sendos maletines de plástico.

—Lamentamos haber tardado tanto, señorita Gentry. Nos han informado del estado del paciente, así que podremos estabilizarlo y mandarlo al hospital regional en unos minutos. No se preocupe.

Los médicos cumplieron con su palabra. A pesar de las protestas de Gray, tomaron sus constantes vitales, le administraron oxígeno mediante una botella portátil e iniciaron un proceso de rehidratación. Minutos después, lo habían montado en el helicóptero camino del hospital.

Luego, mientras Abby cabalgaba sola de vuelta al rancho, mantuvo una larga discusión consigo misma por haberse dejado llevar por la imaginación. Por fin, unas horas después, tras un baño y una siesta, volvía a sentirse persona.

Debía de haber estado agotada y conmocionada para haberse imaginado el humo y los tambores la noche anterior. Y para creer que, de alguna manera, el cuerpo de Gray había desaparecido... En fin, no había sido más que un sueño.

Abby tenía cosas más importantes que atender esa tarde. Necesitaba ponerle los puntos sobre las íes a su hermano Cinco. ¿Cómo se atrevía a encomendarles su seguridad a Billy Bob y a Jake?

Sabía que siempre se había encargado de

cuestiones relacionadas con la seguridad, que se sentía responsable de ella y de su otro hermano, Cal, desde que sus padres habían muerto. Pero Cinco también conocía sus sueños de convertirse en capataz del Rancho Gentry. Lo habían hablado miles de veces.

¡Pensar que le había pedido a Billy Bob que la cuidara! Ahí estaba ella, tratando de demostrar que estaba capacitada para el puesto de capataz y Cinco saboteando sus esfuerzos. Quería a su hermano, pero este debía empezar a tratarla como a la mujer adulta que era, capaz de cuidar de sí misma.

Irrumpió en casa en busca de Cinco, pero no lo encontró por ningún lado. Cuando entró en la cocina y se encontró a su nueva cuñada, Meredith, se le apaciguaron los ánimos considerablemente.

Aparte de ella y de Lupe, la vieja asistenta, no había habido una mujer en el Rancho Gentry desde la desaparición de su madre hacía doce años. Abby se había encariñado de Meredith, una ex piloto de las Fuerzas Aéreas, simpática y afectuosa. Además, su cuñada podría conseguir que Cinco entrara en razón.

En general, su hermano había sido un

maniático insufrible durante los últimos doce años, obsesionado por tenerlo todo bajo control. Pero se había calmado un poco desde que se había casado. Al menos eso había creído hasta oír a Billy Bob el día anterior.

–¡Abby Jo!, ¡qué alegría verte! –Meredith corrió a darle un abrazo–. Cuando nos enteramos de lo que había pasado, pensamos que estarías en apuros... o herida.

Abby rechazó el calor del abrazo que le ofreció su cuñada dando un paso atrás.

–¡Qué tontería! Puede que tú no me conozcas lo suficiente para saber que puedo cuidar de mí sola, pero Cinco tiene que saberlo –contestó–. Por cierto, ¿dónde está el gran director del rancho? Tengo un par de cosas que decirle.

Meredith sonrió y le ofreció un plato con galletas con trocitos de chocolate.

–Las ha hecho Lupe esta mañana. Toma un par. Están tan ricas como siempre.

Las galletas de Lupe eran irresistibles. Abby se llenó una mano y se metió una en la boca.

–Creo que tu hermano está fuera, por el rancho –dijo Meredith–. Decidió acercarse a la caseta veintitrés... por si necesitabas algo de vuelta a casa –añadió mientras devolvía el plato a la encimera.

—¿Qué! —Abby estuvo a punto de atragantarse—. ¿Pero por qué...!

—Tranquila, corazón —Meredith la agarró por los hombros con decisión—. No te enfades por que se preocupe por ti. Lo conoces de toda la vida. Siempre se está preocupando. Sabes que esa parte de él no cambiará nunca del todo... Yo he llegado a la conclusión de que me gusta que cuide de mi bienestar. No intenta controlarte. Lo hace porque te quiere.

—Sé que me quiere —concedió Abby—. Y yo lo quiero a él. Pero tengo que hacerle comprender que soy adulta, que puedo cuidar de mí misma y que sé qué quiero hacer con mi vida.

—Él sabe que eres adulta —contestó Meredith—. Se supone que no debo decirte nada todavía, pero te está preparando una fiesta por tu cumpleaños... y ha invitado a todos los solteros de buen partido del condado.

—¿Qué? —Abby, definitivamente, se atragantó—. Pero... ¿por qué demonios...?

—Cree que debes de sentirte sola por aquí —dijo su cuñada al tiempo que la rodeaba con un brazo—. No le gusta que no hayas tenido ninguna cita desde que volviste de la universidad.

—Esto es el colmo. No puedo creerme que no recuerde que jamás tuve una cita en el instituto... y te aseguro que no necesito que ningún hombre me complique la vida ahora. ¿Cómo se le ocurre ponerse a invitar a la gente sin comentármelo antes siquiera?

—¿No saliste con ningún chico en el instituto? —preguntó Meredith y Abby negó con la cabeza—. ¿Y en la universidad?

El tono de incredulidad de su cuñada la incomodó un poco, pero no tenía nada que esconder. Los hombres nunca habían formado parte de sus aspiraciones. Había infinidad de mujeres que llevaban una vida larga y provechosa sin estar atadas a un hombre. Y ella siempre había planeado ser una de ellas.

Negó con la cabeza y se metió otra galleta en la boca.

—¿Me estás diciendo que *nunca* has estado con un hombre? —preguntó atónita Meredith.

—Pues no —contestó Abby—. ¿Por qué había de hacerlo?

—Ay, cariño —Meredith rio—, ahora entiendo por qué se preocupa Cinco.

Abby frunció el ceño, pero tenía la boca llena y no podía protestar.

–Óyeme, Abby Jo –continuó Meredith–. Vas a ir la fiesta que está organizando Cinco. Vas a hablar con algunos de los hombres. Y te vas a divertir... Es una orden –finalizó después de darle un beso en la mejilla.

Capítulo Tres

Una semana después, Gray subió los escalones que daban a la cocina de la casa de la familia Skaggs. Seguía doliéndole el cuerpo, pero al menos no lo habían obligado a quedarse en el hospital más que unas horas.

–Debes de tener una constitución muy fuerte, hijo –le dijo uno de los médicos mientras le firmaba el alta–. La mayoría de la gente habría necesitado una semana para recuperarse de lo que te ha pasado.

Si era verdad, suponía que lo habría heredado de su abuelo. Esperaba poder hablar con él esa misma mañana. Necesitaba respuestas, pero el abuelo seguía sin teléfono.

Durante los diez años que había vivido con él, yendo a la universidad y aprendiendo de los mayores, a Gray tampoco le habían importado mucho los teléfonos. Pero viviendo solo, quizá debiera comprarle un móvil, por mucho que a ninguno de los dos les gustaba dejarse arrastrar por la ola de la tecnología.

Pero quería que pudiese ponerse en contacto con él de inmediato en caso de que le ocurriera algo. También quería poder ponerse él en contacto con su abuelo cuando tenía preguntas que solo este podía contestar.

Su abuelo, Luna Majestuosa, siempre había vivido junto a las tierras familiares, relativamente prósperas, situadas al sudoeste de Oklahoma. Pero el anciano se negaba a incorporar ninguno de los avances de la tecnología, como el resto de los comanches. Vivía solo y a la antigua, alejado del resto del *nemene*.

Gray imaginaba que su abuelo ya habría recibido los mensajes que le había mandado a un vecino para que le entregara en mano. Y el abuelo habría bajado a la ciudad por la mañana para responder a una llamada de teléfono en casa de un amigo

Suspiró al entrar en la cocina. Por desgracia, él mismo estaba teniendo problemas de acceso al teléfono en los últimos tiempos. Solo podía rezar por que sus dos hermanastros, una verdadera cruz, no estuvieran en casa.

Pero no tuvo tanta suerte.

—Vaya, vaya —dijo el pequeño de los Skaggs, Milan, al girarse desde la nevera—.

Mira quién ha entrado por la puerta trasera... como si la casa fuera suya.

Milan Skaggs tenía veintitrés años y poco cerebro. En ese momento, sonreía con su habitual aire de alelado. Gray trató de mantener una expresión neutra.

–No pierdas el tiempo con el indio, Milan –dijo Harold, el mayor de los hermanastros, que acababa de entrar en la cocina–. Tenemos cosas más importantes de las que ocuparnos –añadió tras lanzar una mirada despectiva hacia Gray.

Este dio un paso hacia delante. Pero recordó dónde estaba, se metió las manos en los bolsillos y se quedó quieto junto a la puerta trasera. Había algo en Harold que le despertaba su instinto agresivo.

Cosa que no dejaba de ser extraña, teniendo en cuenta su aspecto, siempre enfadado, con unos ojos marrones vacíos y huidizos y una tripa que hablaba por sí sola de su lamentable estado de forma.

En cualquier caso, no quería tener problemas con ninguno de sus hermanastros. Gray se había visto obligado a volver al rancho el año anterior, tras morir su madre, a fin de cuidar los potros y asegurarse de que aquellos ponis indios seguían bien, puros, sin mezclarse. Pero en cuanto pudiera trasladarlos a otro sitio, se marcharía.

Le daba igual lo que su padrastro, Joe Skaggs, quisiera... o necesitara.

–Tenemos que decidir qué ponernos para la fiesta de barbacoa de esta noche en casa de los Gentry, Milan –continuó Harold–. No sé si ir en vaqueros. Aparte de bailar y beber, creo que querían presumir de no sé qué caballos.

–Sí, papá comentó el otro día que habían comprado un poni indio.

¿Poni indio? Gray se interesó por la conversación de sus hermanos al instante. Pero no podía imaginarse por qué habría comprado un poni la familia Gentry. Eran ricos y la crianza de caballos no les reportaría mucho dinero.

–¿Hay una fiesta en el Rancho Gentry? –preguntó.

Aunque no era un hombre fiestero. De hecho, no recordaba haber estado en nada parecido a una fiesta... salvo, quizá, un encuentro intertribal. Lógicamente, una barbacoa en el rancho de un hombre rico no sería lo mismo.

–Una fiesta estupenda –contestó Milan–. Papá dice que el hermano mayor... cómo se llama... Cinco, me parece. Bueno, el caso es que ha invitado a todos los solteros del condado, a ver si le endosa al cardo de su hermana a alguno. Apuesto a que tengo posibilidades –añadió mientras se subía los vaqueros.

Gray sintió náuseas, también por el mal aliento de Milan, pero intentó mantenerse impertérrito. ¿Se referían a Abby, la mujer que lo había rescatado y le había salvado la vida? Tenía entendido que era la única hija... la única mujer del Rancho Gentry... aparte de la flamante esposa de su hermano mayor. Pero Abby no era un cardo.

Para él, era una de las mujeres más bellas que había visto. De acuerdo, tal vez fuera más baja que la media, y su complexión muscular podía no gustar a todo el mundo, pero tenía cara y ojos de ángel. Quizá a los blancos les gustara que las mujeres se embadurnaran de maquillaje y se pusiesen prendas historiadas, pero a él en absoluto. Y sabía que Abby no se pondría un vestido hortera. Se le dibujó una sonrisa al pensar en la mujer que le había salvado la vida.

–Ni lo pienses –espetó Harold de pronto–. Tú no vienes con nosotros. Papá dice que los Gentry no quieren indios en su fiesta. Bastante vergüenza nos has hecho pasar ya con lo de la mordedura esa el otro día. No nos dejarás en ridículo otra vez.

Gray sabía que sus hermanastros ya eran ridículos de por sí, ponían mucho de su parte.

–¿No decías que habían invitado a todos los solteros? –le preguntó a Milan.

Este sacó la invitación y se la puso a Gray enfrente de las narices.

–Aquí pone *a Joe Skaggs y familia*. Que yo recuerde, tu apellido no es Skaggs, Parker. Cuando papá venga de trabajar, te convencerá de que no serías bien recibido.

Gray apretó los puños dentro de los bolsillos. Se recordó que no merecía la pena cortarles la cabellera a ese par de idiotas y se obligó a dar un paso atrás. Más que orgulloso de su ascendencia comanche, nunca había hecho caso de los prejuicios de los demás y no iba a empezar a hacerlo entonces.

Y si realmente se apellidara Skaggs, no le quedaría más remedio que suicidarse.

–Me importa muy poco esa barbacoa –Gray se encogió de hombros–. Pero será mejor que vosotros os deis prisa y decidáis qué poneros. Solo os quedan ocho horas para intentar poneros guapos.

Sin darles opción a responder, se dio la vuelta y salió de la cocina por la puerta trasera. Quizá acabara comprándose un móvil después de todo. O quizá intentara llamar a su abuelo cuando sus hermanastros no estuvieran en casa.

Después de haber decidido a qué hora sería mejor que se presentara en la barbacoa de los Gentry.

Abby subió las escaleras traseras de la casa sin dejar de maldecir. Estaba harta de Cinco.

Estaba ayudando a los hombres con los preparativos de la barbacoa. Los había ayudado a llevar leña y encender el fuego. Habían puesto sillas, mesas y toldos.

Entonces, mientras echaba una mano a los cocineros con los asadores para ir haciendo la carne, Cinco había aparecido para avergonzarla. Se había parado frente a ella, la había mirado de arriba abajo y había sacudido la cabeza.

—El primero de los invitados ha entrado en las tierras del rancho. Llegará a casa en una media hora. Sé que también vendrá alguien en helicóptero. Pueden presentarse en cualquier momento —anunció. Luego sacó un pañuelo y le frotó una mejilla hasta hacerle daño—. ¿Estás bien?, ¿eso de ahí solo es polvo y cenizas?

–¡Au! –Abby apartó la cara–. Estaba bien hasta que has empezado a maltratarme.

–Venga, Abby Jo –dijo su hermano con suavidad–. ¿Es que no puedes ser un poco más femenina? Sabes que no quiero herirte. Te quiero. Eres una chica muy guapa con muchas cosas que ofrecer. Quiero que seas feliz.

–Si de verdad quisieras verme contenta, no habrías organizado esta fiesta. Y me dejarías demostrar que estoy capacitada para ser capataz. La mayoría no cree que una mujer pueda ser capataz de un rancho. Solo intento convencerlos, pero me es muy difícil si cada dos por tres me tratas como a una niñita.

Cinco pestañeó y a Abby le dio pánico pensar que su hermano podría ponerse a llorar delante de todo el mundo.

–Cuando te pones así... –comentó Cinco– eres igualita que mamá cuando nos regañaba. ¿Te acuerdas de cómo le brillaban los ojos antes de darnos un azote? Tus ojos se vuelven del mismo color que los de ella –añadió después de apoyar una mano sobre su hombro.

Dios. Desde luego, su hermano era un pedazo de pan por dentro. Lástima que no consiguiera sacar partido de eso para que la dejara dedicarse en paz a lo que quería.

Además, Abby no quería recordar el color de los ojos de su madre, ni nada relacionado con ella. Se había marchado. Había desaparecido y nunca había vuelto. Eso era todo lo que Abby necesitaba recordar de su madre.

¡Por favor! Un segundo más y a Cinco se le saltarían las lágrimas.

—Está bien, hermano. Me arreglaré un poco para tu fiesta —Abby se ajustó el sombrero de trabajo y se llevó las manos a las caderas—. Pero no esperes que me ponga tacones ni nada por el estilo.

—Tú ponte los vaqueros nuevos y la camisa que te ha comprado Meredith y ya verás cómo se enamoran todos —contestó sonriente Cinco. Luego se dio media vuelta, echó a andar, se detuvo un momento y se giró hacia su hermana—. Otra cosa: intenta divertirte. Es tu cumpleaños. Disfrútalo, chiquitina.

Abby seguía rezongando horas después, de pie en medio de la fiesta. Se había duchado, se había puesto los vaqueros nuevos y había probado a peinarse. En vista de que resultaba inútil, se había puesto un sombrero sobre el cabello, que le caía enredado por la espalda, y había salido a recibir a los ruidosos vecinos.

Llevaba la tarde entera sintiéndose como una ternera en subasta. Estaba harta de un par de mirones. Casi podía sentirlos calculando cuánto pesaría y si todavía tenía todos los dientes.

Después de estrechar manos y sonreír hasta dolerle las mejillas, Abby consideró que ya había sido suficientemente amable. Cuando Cinco trató de hacerla bailar con alguno de los chicos, decidió escabullirse de la multitud y volver con los caballos, donde de veras se sentía a gusto.

Al crecer en el rancho, había aprendido a escabullirse sin que la vieran. Echó a andar hacia las caballerizas para echar un vistazo al poni indio que habían comprado recientemente. Desde luego, era todo un espécimen. Según le había oído contar a su hermano, estaba marcado con un antiguo símbolo indio.

–Esa no es forma de tener a ese poni –dijo de pronto una voz barítona a sus espaldas.

Abby se quedó sin respiración al ver al hombre que asomaba entre las sombras a su derecha. Se giró y se encontró con Gray, de pie frente a ella, con los ojos clavados en el poni, que acababa de pasar al lado de ambos al galope.

–¿No ves lo nervioso que está? No se puede tener a un poni salvaje encerrado con tanta gente hablando y riendo cerca. Y el olor de la barbacoa lo vuelve loco –continuó Gray sin molestarse en mirarla–. He venido a ver el caballo. Para eso se ha montado la fiesta, ¿no? –preguntó entonces, por fin girándose hacia Abby.

Demasiado cerca. Eso fue todo cuanto pudo pensar. Estaban demasiado cerca.

Aunque desobedeció la vocecilla interior que le recomendaba alejarse, al menos desvió la mirada. No le sirvió de mucho. Estaban tan próximos que podía sentir el calor de su cuerpo irradiando a través de la camisa. Pero el sofoco que la hizo ruborizarse procedía de dentro. Y pensar que la tarde le estaba pareciendo fría hasta entonces.

–¿Cómo te encuentras? –le preguntó, tratando de que no le temblara la voz–. Llamé al hospital y me dijeron que te dieron el alta al poco de ingresar. ¿Te has recuperado del todo? –añadió, arriesgándose a mirarlo por el rabillo del ojo.

–No tenía que haber ingresado. Me salvaste con el antídoto –contestó Gray–. Me habría bastado con dormir un par de horas en la caseta y habría podido volver a casa por mi propio pie.

Abby deseó poder verle los ojos. Su voz sonaba artificial, distante. Bastante duro era estar a su lado, siendo tan alto y potente. El hombre al que había salvado ya era espigado y fuerte, pero herido no parecía tan... salvaje.

–El viento ha cambiado –dijo Gray de pronto, girándose hacia ella.

Había sido un error desear ver sus ojos. Un grave error.

Eran negros, como dos pozos sin fondo, y parecían estar atravesando su piel. Abby quiso girarse hacia el caballo de nuevo, pero aquella mirada la tenía petrificada.

–El poni se está calmando –comentó Gray. Dio la impresión de que estiraría un brazo y le tocaría un hombro, pero se detuvo en el último momento–. ¿Por qué no estás con los demás en la fiesta, princesa? Al fin y al cabo, todo esto es en tu honor.

Liberada de su escrutinio e irritada por sus palabras, respondió:

–No soy una princesa. Y no me gustan las fiestas. Además, no es en mi honor.

Luego respiró profundo. Un grave error.

La fragancia masculina de Gray corrió por su nariz y se le metió hasta los pulmones. Tragó saliva, se atragantó.

—¿Estás bien? —preguntó y ella no pudo más que asentir con la cabeza. Cuando dejó de toser, Gray volvió la mirada hacia el caballo—. He hablado con mi abuelo sobre... los tambores de la otra noche. Se lo conté todo. Hasta lo de que pensaste que había desaparecido.

—¿Tu abuelo?

Gray se obligó a dejar pasar los pensamientos eróticos que surgían en su cabeza debido a la proximidad de Abby. ¿Acaso no le había hablado de su legado? Definitivamente, debía de haber estado muy descompuesto el día anterior.

—Sabes que pertenezco al *nemene* comanche, ¿verdad?

—Sí, pero...

Al verla vacilar, Gray continuó:

—Mi abuelo es chamán, un maestro espiritual. Pertenece a la vieja escuela. Cree en conducir a las personas a sus propias respuestas de forma indirecta. Esta vez me ha sorprendido dándome un par de explicaciones concretas a lo que nos había pasado —Gray se encogió de hombros—. Por supuesto, también respondió a algunas de mis preguntas con más preguntas y divagaciones, pero así es el abuelo.

Gray la miró de nuevo. Al principio, cuando había intentado hablar con ella cara a cara, había sentido un calor tan intenso entre los dos que había terminado rehuyendo el contacto visual. Lo que era absurdo. No era más que una mujer. Y bastante marimacho encima.

Paseó los ojos por su cuerpo firme y esbelto y la boca se le hizo agua. Los vaqueros se le ceñían al trasero, como dejándole que imaginara el panorama si no los llevara puestos. La camisa azul que se ajustaba a sus pequeños pechos lo hizo desear sostener esos pequeños tesoros en las palmas de las manos.

Levantó la cabeza y miró al cielo para sacudirse aquellas imágenes.

Gray podía correr durante diez días seguidos sin comer y sin apenas agua. Podía cazar un ciervo sin mover una hoja ni levantar aire. Hasta había conseguido mantener la mano en el fuego sin quemarse la piel cuando su abuelo se lo había ordenado durante su rito de iniciación como hombre adulto.

¿Cómo no iba a poder estar junto a una mujer sin sucumbir a los deseos más básicos? Desear a la rica heredera del Rancho Gentry sería realmente estúpido.

Abby lo miró con tranquilidad, expectante por lo que Gray tuviera que decirle. Este centró la mirada en el poni y reprodujo las palabras de su abuelo.

–Después de contarle lo de los tambores y... lo del sueño... el abuelo rezó por que los espíritus ancestrales me guiaran –comentó. Entonces recordó que estaba frente a una mujer no acostumbrada a esa clase de ritos–. Te parecerá una locura. A mí me lo parecería si no me hubieran entrenado toda la vida para aceptar el poder espiritual de nuestro entorno.

Abby parpadeó. De pronto, revivió el sonido de los tambores y los nervios al descubrir que su paciente había desaparecido.

–No creo que nada de lo que digas me parezca más absurdo que lo que creí ver con mis propios ojos –contestó al tiempo que se cruzaba de brazos para protegerse de un posible escalofrío–. Adelante. Qué te dijo tu abuelo. Estoy abierta a todo.

Había sido una estudiante excelente en la universidad y había elegido varias optativas que no necesitaba nada más que para satisfacer su curiosidad. Estaba más que dispuesta a oír lo que Gray tuviera que decirle.

Cualquier cosa con tal de entender lo que había ocurrido aquella noche.

–¿Has oído hablar de las visiones oníricas? –preguntó él.

–Sí... no sé dónde. Es una de esas cosas de nueva era, ¿no?

–Puede que alguna corriente moderna haya usurpado el término –contestó Gray tras esbozar una sonrisa leve–. Pero estas visiones son la forma ancestral de entrar en el mundo espiritual y comunicarse con él. Para recibir consejo de tus antepasados. Hacen falta muchos años de trabajo y meditar mucho para ser receptivo a esta clase de visiones... Pero parece que yo he tenido una. Y tú la has presenciado –finalizó bajo un cielo que empezaba a cuajarse de estrellas.

Abby no supo qué decir, de modo que siguió callada. Estaba dispuesta a creer cualquier cosa.

–Mi abuelo dice que los espíritus vinieron a indicarme que estoy por el buen camino. Que estoy destinado a llevar mis ponis a las tierras cazadoras de la antigüedad –Gray se giró para mirarla–. Mis padres querían que fuese maestro. Llevaba años estudiando las costumbres de los cazadores, de asentamiento, los lenguajes rituales...

hasta que mi madre murió el año pasado y me dejó el rebaño de ponis en herencia.

–Siento lo de tu madre, Gray –dijo Abby–. Y entiendo más o menos lo de la visión. Pero... ¿qué tiene eso que ver conmigo?, ¿por qué vi lo que vi, si es que lo vi, la otra noche?

–Yo tampoco lo entendía. Parece que no tiene sentido. No tienes la fe, no eres del *nemene*, Abby. Pero, a veces, tu propia experiencia te obliga a creer.

De pronto, entre las sombras de la caballeriza, apareció un hombre largirucho haciendo eses.

–¿Señorita Gentry? Es usted, ¿verdad? –dijo un vaquero embriagado mientras avanzaba hasta plantarse frente a ella–. Por fin la encuentro.

Abby trató de recordar el nombre de aquel botarate.

–No estaba escondida... Lewis Lee. Solo había venido a...

–Su hermano me dijo que podíamos bailar juntos –el hombre la interrumpió y la agarró por un brazo–. Pero si prefiere otro tipo de baile, por mí estupendo.

El aliento a cerveza le revolvió el estómago. Dio un tirón del brazo para soltarse, pero solo consiguió que el vaquero la apretara con más fuerza.

–Suéltala y lárgate –Gray tiró del brazo del borracho, que estuvo a punto de perder el equilibrio.

La sorprendió el tono autoritario de la orden. Pero mientras miraba al borracho luchar por no trastabillarse, decidió que quizá pudiera sacar provecho de ese tono.

–Yo te conozco –murmuró el vaquero cuando por fin consiguió dejar de tambalearse–. Eres algo de los hermanos Skaggs, ¿verdad? Ellos fueron los que me dijeron que la chica estaba libre. ¿Con qué derecho te metes?

Se aproximó a Abby, pero esta levantó una mano ordenándole que se parara. Se arrimó a Gray y se agarró a él de un brazo.

–Lo siento, Lewis Lee. Parece que tú y tus amigos no habéis sido suficientemente rápidos –respondió–. Déjame presentarte a mi nuevo novio... Gray Parker. Tiene todo el derecho a interferir, porque hemos decidido empezar a salir juntos. Como... pareja.

–Pe... pero Milan y Harold... no les va a gustar nada –balbuceó el pobre hombre.

En vez de desmentirla, como Abby había imaginado que haría, Gray dio un pequeño empujoncito en el hombro al vaquero.

–Piérdete. Me da igual lo que les guste o

deje de gustar a los Skaggs. El juego se ha acabado y he ganado yo. El premio es mío.

Capítulo Cuatro

El borracho se retiró con paso indeciso, farfullando palabras incoherentes y dando patadas a obstáculos imaginarios. Cuando ya no podía oírlos, Gray soltó el brazo de Abby y se apartó de ella.

—¿Es verdad que tu hermano le ha dicho a ese energúmeno que podía... ponerte las manos encima? —preguntó en un tono más brusco del necesario.

—¡Pues claro que no! —Abby puso los brazos en jarra—. Mira, te agradezco que me lo hayas quitado de en medio, pero eso no te da derecho a cuestionar a mi hermano. Cinco nunca trataría a nadie como a un premio que pudiese ganarse... y menos a su hermana. Ese idiota no se ha enterado de nada: mi hermano solo quería que me llamara para que me uniera a la fiesta —añadió alzando la barbilla y estirando sus ciento sesenta y cinco centímetros.

Le encantaba cómo le brillaban los ojos cuando se encendía. Tenían una fuerza salvaje, arrolladora. Gray se preguntó qué más podría hacer para seguir haciendo hervir aquellos ojos.

–Había oído... mis hermanos comentaban que Cinco estaba intentando buscarte novio –contestó–. Que la barbacoa era como una excusa para encontrar a algún pretendiente... una especie de subasta.

–¡Qué? –Abby se quedó pálida, se llevó una mano al pecho como si la hubieran herido–. Mi hermano jamás haría eso. Tus hermanos mentían.

Muy a pesar de Gray, los ojos de Abby perdieron su intensidad y dejaron traslucir una profunda y gélida tristeza.

–Entonces, ¿Cinco no quiere que te cases? –preguntó para hacerla hablar. Lo que fuese con tal de borrar aquella horrible pena que se había apoderado de su rostro.

–Sí, supongo que le gustaría que me casara... y fuera feliz... igual que él –Abby se encogió de hombros, respiró hondo–. Pero... tienes que entender a Cinco. Cuando nuestros padres desaparecieron hace doce años, Cal, mi otro hermano, y yo estábamos todavía en el colegio mientras Cinco estaba fuera en la universidad. Su vida cambió de la noche a la mañana. Siempre había sido sobreprotector con sus seres queridos, pero, de pronto, se vio al frente de un rancho valorado en millones de dólares y a cargo de sus hermanos. Se volvió un maniático, obsesionado con controlarlo todo para que no nos pasara nada malo que pudiera hacernos más daño. Luego, hace unos meses conoció a Meredith y...

–Un momento –la interrumpió Gray–. ¿Dices que hace doce años? Dos años antes de que viniera a Gentry Wells. ¿Qué edad tenías?

–Acababa de cumplir doce. Pero, volviendo a lo que te decía, Cinco...

–¿Tus padres desaparecieron cuando tenías doce años? –volvió a interrumpirla Gray–. Mi padre murió de cáncer cuando yo tenía esa edad más o menos. Me destrozó. Pero mi madre y mi abuelo me ayudaron a superarlo. No me imagino lo que tiene que haber sido para ti pasar algo así sola. Tiene que haber sido durísimo.

–No, no creas. La verdad es que no me cambió mucho la vida... aparte de tener a Cinco encima todo el día vigilando. Mi maravillosa abuela había muerto unos meses antes de que nuestros padres desaparecieran, pero ella y mi padre me habían dado una base sólida sobre la que construir mi vida –respondió Abby con una ligera sonrisa. Luego miró hacia el poni, quieto en un extremo del establo–. A los dos les encantaba el aire libre y los animales... sobre todo, los caballos. Y les encantaba el Rancho Gentry, todo lo que había presenciado a lo largo de cinco generaciones... Mi padre me enseñó a montar, a echar el lazo, a disparar... y a respetar la tierra y su naturaleza. Nada de eso cambió. En todo caso, si algo he aprendido en los últimos doce años ha sido a querer más todavía el rancho.

Gray advirtió que no había dicho palabra sobre su madre. Le resultó extraño, pero no tenía tanta confianza como para señalárselo.

De pronto se le vino a la cabeza la imagen de una chiquilla delgaducha y desorientada de catorce años. Y la recordó del único año en que habían coincidido en el instituto. Aunque entonces no había sabido quién era ella.

–Creo que te recuerdo del instituto –le dijo–. Eras la chica con la que solían meterse esos aficionados a vaqueros. Recuerdo que te peleabas con ellos y que más de una vez les dabas más de lo que recibías.

Gray sonrió al recordarla propinándoles

puñetazos a chicos que le doblaban en envergadura. No había respetado a ninguna persona de raza blanca tanto como a esa chica. Y al cabo de los años sus caminos se habían vuelto a cruzar.

–¿Te acuerdas de una vez que saliste en mi defensa? –le preguntó Abby–. Había dos matones a punto de tirarme al suelo y te interpusiste en el último momento. Les dijiste que antes tendrían que vérselas contigo.

Sacudió la cabeza. No lo recordaba, pero le parecía más que posible. Siempre había querido ajustarles las cuentas a aquellos mocosos que se metían con ella. Siempre se había preguntado qué habría sido de ella.

–No me sorprende que no te acuerdes –murmuró Abby–. Supongo que entonces no podía parecerte lo más mínimo interesante.

–Has cambiado mucho. Eres toda una mujer.

–Tú también –dijo con suavidad ella.

Su tono de voz lo estremeció. Hasta ese momento se había abandonado al recuerdo inofensivo de una chiquilla, pero aquel susurro sensual lo hizo tomar conciencia de que estaba frente a una mujer erótica y sugerente.

Estaba seguro de que Abby no se consideraba erótica. Pero, para él, su fortaleza y carácter resultaban más excitantes que cualquier treta femenina.

Y esos ojos... Se había fijado en que el verde se hacía más intenso cuando se animaba. Pero cuando su expresión se dulcificaba, los ojos adquirían un matiz suave de jade. Y, de pronto, Gray se sorprendió preguntándose qué otras tonalidades podrían relucir en aquellas fascinantes profundidades. Quiso tocarla, acariciarla, besarla y aparearse con esa mujer de todas las formas imaginables.

Gray se echó el sombrero hacia atrás y trató de desplazar también cualquier imagen sexual. Estaba en deuda con ella. Le debía la vida, su honor... no su lujuria.

Abby se sentía tensa, nerviosa, pero no acertaba a precisar por qué. Sabía que estar junto a Gray bajo las estrellas era una situación íntima para lo reservada que solía ser con los hombres. Pero ese modo de radiografiarla con los ojos le producía un cosquilleo traidor por el cuerpo.

Le apretaba la ropa. Era como si sus pechos se hubiesen vuelto el doble de grandes para que el sujetador le rozase sin clemencia contra la piel. Y sentía un dolor en el vértice de los muslos que debía deberse a que los pantalones, misteriosamente, habrían encogido una talla.

Necesitaba cambiar de tema a toda costa.

—Has cambiado tanto que casi no te reconocí cuando te encontré en el barranco —comentó—. En parte por el pelo, supongo. Antes lo tenías largo. ¿Por qué te lo cortaste?

Gray desvió la mirada y apoyó los brazos sobre el listón de madera del establo.

—Es parte de mi legado comanche... como las visiones.

Abby se quedó callada, oyendo las aves de la noche, el sonido distante de la orquesta. Deseó que se hiciera el silencio para poder oír a Gray con el corazón. Pero tampoco importaba mucho, porque no creía que fuera a saber cómo hacerlo.

—Los comanches se cortan el pelo en señal de luto —continuó Gray—. Yo guardo luto por mi madre. Los *nemene* tienen muchas formas de honrar a quienes se han trasladado a la tierra de los ancianos.

—¿Por ejemplo? —preguntó antes de reparar en que podía resultar entrometida o que quizá no le gustara la respuesta.

Gray ladeó la cabeza y la miró como si no estuviera seguro de si quería revelar tanta información a una desconocida prácticamente.

–En la caseta me abriste la camisa para curarme –susurró por fin–. ¿No viste las marcas de duelo?

–¿Te refieres a los cortes a la altura del estómago?, ¿quién te los hizo?

–Experimentar dolor, dolor físico, forma parte del ritual de duelo ancestral –explicó él.

Abby se quedó asombrada. ¿Se había cortado él mismo?

–Pero vives en el mundo moderno. ¿Por qué tenías que hacerlo?

–Creo en honrar a los seres queridos a la antigua usanza –Gray se giró y posó una mano sobre el hombro de ella–. En parte es para que mi abuelo se sienta orgulloso de mí. Pero, sobre todo, porque respeto mi legado... quién soy y de dónde vengo.

–Entiendo –dijo. Pero no lo entendía.

Gray pareció captar su confusión. De hecho, daba la impresión de que quería aclararle su postura. Quería que comprendiera... y que apreciara las diferencias entre ambos.

–A ver, ¿no acabas de contarme que tu abuela y tu padre te inculcaron tu amor por el rancho de tus antepasados?

–Sí, pero... Nosotros no nos lesionamos para honrar a nuestros seres queridos.

–Yo tampoco pretendo comprender del todo la necesidad que tienen los blancos de acumular posesiones –contestó él esbozando una media sonrisa–. Pero llevo suficiente tiempo conviviendo con vuestras comunidades para saber qué cree el hombre blanco. Con tal de defender las tierras que heredasteis de vuestros antepasados, sois capaces de pasar hambre, robar y matar.

–Pero eso no es lo mismo...

–¿Que meterte un cuchillo en el cuerpo para ayudar a olvidar el dolor espiritual? –atajó Gray–. Puede que no. Pero, personalmente, creo que es mejor autolesionarse que herir a otra persona.

–Sí, claro, y supongo que tus honorables antepasados nunca asesinaron a personas blancas, quemaron sus casas ni robaron a sus hijos –replicó irritada–. ¿O eso no es herir a los demás para defender tus tierras?

Abby vio un destello de furia en los ojos de Gray, un instante antes de que enmascarara sus sentimientos y dejara de mirarla.

–No tienes ni idea de la historia de mi

pueblo –contestó él–. No creas todas esas leyendas horribles que te habrán contado. Descubrirás que los historiadores blancos han tergiversado los hechos en beneficio propio... en contra de la verdad.

Abby apretó los puños, pero se recordó que Gray era un invitado a una fiesta en el Rancho Gentry... y que acababa de salvarla de Lewis Lee.

–Muchas gracias por la lección de historia –murmuró entre dientes–. Y gracias por librarme del borracho. Pero es tarde y tengo que irme.

Abby se dio la vuelta y echó a andar hacia la casa del rancho. Una bruma rojiza nubló su visión y se golpeó de pronto contra el torso de un hombre antes de dar cuatro pasos.

Había salido tan precipitadamente que a Gray no le había dado tiempo a impedir que se chocara contra un anciano que acababa de surgir entre las sombras. Se preguntó si tendría que espantar a un nuevo pretendiente.

–¡Abby! –exclamó el hombre tras retroceder unos pasos.

–¡Jake! –exclamó también ella cuando

levantó la cabeza y lo reconoció.

Gray se acercó hacia ellos con sigilo. Todavía no sabía si Abby necesitaría que la ayudara con aquel hombre. Pero quería estar cerca por si las cosas se le iban de las manos. Por mucho que aquella cabezota se negara a entender su legado, todavía no había saldado su deuda... De hecho, no la saldaría hasta exhalar el último suspiro.

—Suponía que te encontraría por aquí —comentó el hombre.

—Iba a meterme en casa. Ya he tenido suficiente fiesta por una noche —contestó Abby, pero siguió quieta.

—Hola —saludó el hombre a Gray al intuir su presencia. Le tendió la mano—. Creo que no nos conocemos. Soy Jake Gómez, capataz del Rancho Gentry.

Gray lo examinó, miró sus botas bruñidas, los vaqueros limpios, el sombrero nuevo, su sonrisa. Su talante no parecía representar riesgo alguno para Abby.

—Gray Lobo Parker —dijo al tiempo que le estrechaba la mano—. Mi padrastro es Joe Skaggs. Los ponis que hay en su tierra me pertenecen.

Le disgustaba decir esas cosas. Las criaturas de la naturaleza no podían pertenecer a ningún hombre. Debían estar libres y a salvo por donde camparan. Pero se había acostumbrado a hablar de ellos como si fueran de su propiedad debido a su trato con los blancos, impacientes siempre por marcar y etiquetarlo todo.

—Tu madre era Lily. Una mujer encantadora –dijo Jake–. Sentí enterarme de su muerte.

Gray aceptó las palabras de compasión con un gesto de asentimiento con la barbilla. Sabía que el hombre tenía buena intención, aunque los comanches no se abandonaban a tales compadecimientos.

—Será mejor que te quedes por aquí para que podamos hablar –le dijo Jake a Abby entonces, incluyendo a Gray con la mirada.

—¿Nos disculpas, Gray? –preguntó ella.

—No, creo que Gray debería participar en esta conversación –se adelantó Jake–. Está implicado.

Abby alzó las cejas, pero no discutió la cuestión. Gray notó que Abby respetaba a Jake. Lo escuchaba con suma deferencia y atención. Ojalá le mostrara el mismo respeto a él.

—Suponía que a estas alturas se habrían serenado todos los rumores y chismorreos sobre ti y esta fiesta, Abby Joe –empezó a decir Jake tras quitarse el sombrero y sujetarlo por el ala.

—¿Rumores?, ¿de qué estás hablando? Yo no he oído nada.

—Pero a mí sí me vienen preguntando desde hace un tiempo. Les digo que se metan en sus asuntos. Y creía que después de esta noche podríamos seguir haciendo aquello para lo que nos han contratado.

—¿De qué rumores hablas? —preguntó Abby con voz trémula.

—A ver... la cosa es que Cinco le dijo a un par de vaqueros que le gustaría que sentaras la cabeza y encontrases marido. Que parecías muy sola desde que habías vuelto a casa —explicó Jake. Abby abrió la boca, pero no emitió un solo sonido—. Eso fue justo antes de mandar las invitaciones para esta fiesta. Se corrió la voz de que había organizado la barbacoa para buscarte marido.

—Dios...

—El caso es que pensaba que te dejarían tranquila en cuanto terminara la fiesta.

—Pero has venido a buscarme cuando ya casi está acabando.

—No sé qué relación tienes con este joven, pero...

—No tengo ninguna relación —atajó Abby—. Le curé las heridas... como lo habría hecho cualquier otra persona. Y somos vecinos, de acuerdo. Pero nada más.

Gray permaneció callado. Jake todavía no había terminado de hablar y quería oír lo que tuviera que decir.

—Entonces se está armando un buen lío —Jake sonrió—. ¿No le has dicho a Lewis Lee que estabas prometida a Gray Parker?

—¿Prometida? —repitió Abby—. Yo no he dicho nada de eso. Solo le dije que estábamos saliendo... lo que no es verdad... Aunque supongo que puede haber entendido que teníamos una relación seria...

Gray decidió que era momento de intervenir.

—Ese tipo quería aprovecharse de Abby. Le dijo que estábamos juntos para que la dejara tranquila.

—¿Y tú la respaldaste? —preguntó Jake.

—Por supuesto. A Abby le pareció más sencillo inventarse una historia que dejar que me ocupara yo de espantarlo.

—Entiendo —Jake se rascó la pelusa de la barbilla—. Sería una anécdota divertida si no fuera porque ahora todos creen que os vais a casar. La noticia ha causado sensación, os lo aseguro.

—¡Qué! —exclamó Abby. Tenía las mejillas encendidas y los ojos de un verde tan oscuro que parecía negro—. ¿Qué ha pasado exactamente?

–Veamos... primero Lewis Lee ha vuelto a la fiesta hecho una furia. Dijo que te ibas a casar con un indio. Hasta se fue a Cinco para pedirle explicaciones.

–¿Con qué derecho?

–Estaba borracho, señorita.

–Bueno, ¿y qué hizo Cinco?

–Intentó calmarlo. Le dijo que Gray Lobo Parker era un vecino y un hombre muy respetable –Jake sonrió–. Yo acababa de incorporarme a la fiesta y te puedo decir que me he sentido muy orgulloso de tu hermano, Abby Joe. Dijo que le parecía un enlace un poco precipitado, pero que si querías a un hombre lo bastante para casarte con él, entonces tenía que ser muy especial y Cinco le daría la bienvenida en la familia.

–No –Abby se quedó pálida.

–Pero la historia no acaba ahí –continuó sonriente Jake, el cual dirigió la mirada hacia Gray–. Creo que cuando tus hermanastros se enteraron y empezaron a echarles la culpa por haberte traído a la fiesta, empezaron a soltarse mamporros.

–No he venido con mi familia, Jake –dijo Gray, tratando de mantener la calma–, pero pediré disculpas en su nombre. Si hay algún desperfecto, me ocuparé de pagar las facturas.

–No, no te preocupes por eso. Una fiesta de barbacoa no sería una fiesta de barbacoa sin unos cuantos puñetazos y algún ojo morado al día siguiente –contestó Jake–. El problema es qué vais a hacer ahora con los rumores y con Cinco.

Gray no terminaba de ver el problema. En cuanto se enteraran de la verdad, todos se echarían unas risas y seguirían adelante con sus vidas. Se giró hacia Abby y notó que esta sí había detectado algún problema que a él se le escapaba.

–Lo que Jake intenta explicar es que si reconocemos que no era más que una historia para librarnos de Lewis Lee, no solo me vendrá una avalancha de pretendientes, sino que mi hermano quedará como un tonto por habernos dado su bendición. Sería el hazmerreír del condado.

Gray no lo había considerado desde ese punto de vista. En realidad le daba un poco igual lo que fuera de Cinco Gray, a pesar de que parecía haberlo defendido. Pero no quería que Abby sufriese. Y la idea de que tuviera que soportar a una docena de vaqueros codiciosos, deseosos de echar las garras sobre la fortuna del rancho, le causaba escalofríos.

–¿Qué quieres hacer, Abby? –le preguntó.

–Yo... no estoy segura –dijo después de mirar a Jake–. Supongo que Cinco y yo tendremos que dar la cara, decir la verdad y aguantar el chaparrón.

Gray se cruzó de brazos y negó con la cabeza. Estaba a punto de meterse en un lío del que no podría salirse con facilidad. Ponerse a solucionar los problemas de los blancos no parecía lo más inteligente para un comanche. Pero era una cuestión de honor.

–¿No podríamos seguir fingiendo que estamos prometidos? –propuso finalmente–. Salvo Jake, ¿quién podría desmentirlo? Estoy seguro de que dentro de un par de meses las cosas se calmarán y se olvidarán de todo. Entonces podremos decir que nos equivocamos, que hemos roto y seguir cada uno por su lado.

A Abby se le agrandaron los ojos al tiempo que daba un paso inconsciente hacia atrás. Parecía tan insegura, tan distinta a la Abby que había tomado las riendas de la situación en el barranco, que quiso estirar un brazo para confortarla. Pero entonces se le ocurrió que quizá estuviese asustada... de él. Así que se metió las manos en los bolsillos.

—Tú establecerías las condiciones del acuerdo —le dijo—. Lo que hagamos o dejemos de hacer como pareja dependerá de ti.

—Si te interesa mi opinión —terció Jake tras aclararse la garganta—, deberías aceptar su oferta. Te quitaría presión durante un tiempo y podrías trabajar en el rancho tal como teníamos planeado. Y darías la cara por tu hermano ante los vecinos.

—Está bien. Sé cuándo estoy acorralada y sin salidas —Abby enderezó la espalda—. Y supongo que no es mal plan. Además, yo soy quien empezó toda esta tontería.

—No, cariño. Esto no es culpa tuya. Si alguien ha empezado algo, ha sido Cinco. Pero lo hace con buena intención. Y yo estoy orgulloso de ti por intentar protegerlo —Jake sonrió, se ajustó el sombrero y se dio media vuelta—. Os dejo discutir las condiciones. Te veo mañana en cuanto amanezca, Abby Jo —añadió antes de marcharse silbando un viejo tema country.

Abby miró a Gray con la nariz arrugada.

—Te has ofrecido a esto por tu sentido del deber, ¿no?

—Te debo la vida, Abby Gentry. Haría mucho más que esto para saldar mi deuda.

—¡Maldita sea! —exclamó llorosa con una

85

mezcla de rabia, miedo y frustración–. ¿Es que no puede olvidarse el mundo de mí y dejar que viva mi vida?

–No llores, Abby –Gray la estrechó entre sus brazos–. Haremos que los siguientes dos meses pasen rápido, no te preocupes.

Abby echó la cabeza hacia atrás y empujó el pecho de Gray con los antebrazos.

–No digas bobadas. No estoy llorando. Yo nunca lloro.

Y rompió a sollozar. Gray dejó que apoyara la frente sobre su torso, permaneció quieto, ligeramente irritado por aquella muestra de vulnerabilidad, sin saber qué más podía decir, no fuera a empeorar las cosas.

Cuando volvió a levantar la cabeza, sus ojos destellearon. Esa vez no intentó zafarse del abrazo.

–Supongo que debo darte las gracias por ayudarme –dijo con voz trémula.

De repente, Gray notó el pulso de Abby, acelerando y corriendo por todo su cuerpo. También la sangre de él empezó a bullir en respuesta. Cada centímetro de ella se fundió contra Gray, cuyos músculos se tensaron inevitablemente.

Le acarició la mejilla izquierda para

secarle la última lágrima. Pero sus dedos se morían de ganas por acariciar otras partes. Por consolar... y excitar.

Capítulo Cinco

El llanto pasajero de Abby se había transformado en una presión sorda en el estómago. Gray le subió la cara con suavidad para que pudiera verle los ojos, apasionados, pero de mirada firme.

Algo abrumada, Abby tomó conciencia de lo pegados que estaban. Aunque su cuerpo ya se había dado cuenta antes. De repente, los pensamientos pasaron a segundo plano y se limitó a sentir.

Unas sensaciones arrolladoras. Sus músculos pétreos bajo las palmas de las manos. Sus propios pechos, cada vez más sensibles y tensos. Hasta le pareció advertir cierta humedad en la ropa interior. No recordaba que le hubiese pasado algo así en la vida. Claro que tampoco era capaz de recordar casi nada con Gray mirándola tan intensamente.

Deslizó las manos por su poderoso torso y sintió su piel temblar en respuesta. Era maravilloso sentir lo que podía hacer con un cuerpo de hombre.

Cerró los ojos con fuerza, como si se lo

hubieran ordenado. Pero descubrió que, privada de la vista, los demás sentidos se aguzaron. El calor que despedía el cuerpo de Gray la hizo sudar. Se estremeció al sentir una gota resbalando desde la nuca hacia la base de la espalda.

Se pasó la lengua sobre los labios, que parecían haber roto a arder. Pero eran llamas indestructibles, se avivaban y crecían desde dentro. Respiró profundo... se concentró en las sensaciones. En el olor a cuero y heno, mezclado con el del establo y la tierra. En el sonido familiar de los caballos mientras se preparaban para pasar la noche y los grillos llamaban a sus amantes bajo un cielo estrellado que la asaltaba con oleadas de sensualidad.

A pesar de tener los ojos cerrados, supo cuándo bajó Gray la cabeza para besarla. Le bastó rozar sus labios para oírse gemir. Le dio miedo que aquel leve sonido pudiera romper el embrujo en el que parecían sumidos y lamentó no haber sido capaz de guardar silencio.

Pensó que se retiraría, que pondría fin al beso. Pero Gray la estrechó con más fuerza y aumentó la presión sobre su boca. La impresión la dejó sin aliento, pero la explosión apasionada que recorrió su cuerpo la hizo sentirse más viva que nunca. Se abandonó a la seducción del beso.

Colmándola de atenciones, le mordisqueó el labio inferior hasta que Abby abrió la boca y le permitió entrar. Sus lenguas se juntaron, bailaron. La de Gray empezó a meterse y salirse, provocándola, excitándola, diciéndole lo que quería.

Volvió a gemir, entusiasmada con la intimidad y sensualidad del beso. Era una sensación intensa, mareante, revitalizante.

Gray tembló al oírla gemir. Notó sus pezones erguidos contra el torso. Le levantó la camisa e introdujo las manos por debajo para sentir el calor de su piel directamente. Cuando Abby arqueó la espalda, se apoderó de su trasero con una mano y la levantó contra su erección. Quería que supiese lo que le estaba haciendo y lo que él quería hacerle a cambio.

Abby respiraba con dificultad. Él parecía no respirar en absoluto. El fogonazo de deseo le había arrasado el cerebro y lo dejaba vulnerable, al borde de la locura.

Desde algún lugar del remoto mundo, se oyó el graznido de un águila. Le extrañó que un águila cazara de noche, pero el graznido fue suficiente para desvanecer la bruma de pasión que había envuelto a Gray.

Retiró las manos de donde las tenía y las colocó en terreno neutral, sobre los hombros de Abby. Sin dejar de mirarla, la separó con delicadeza. Abby seguía con los ojos cerrados, los labios húmedos e hinchados por los besos. La expresión de su rostro le impactó como un golpe de agua fresca.

Confianza. Abby se había entregado por completo a él, para que hiciese lo que quisiera.

Y, bueno... sí, por supuesto que quería... pero por encima de eso estaba la necesidad y el deber. Y lo que necesitaba era saldar la deuda que había contraído, no seducirla en público.

La brisa de la noche corrió entre ambos, toda vez que habían separado sus cuerpos. Abby abrió los ojos, sacudió la cabeza e intentó enfocar la mirada hacia Gray, tratando de entender qué había cambiado.

Tenía las pupilas dilatadas, tanto que apenas se apreciaba el verde intenso de su iris. Gray sintió que un puñal de lujuria se hundía en sus entrañas. Pero al ver también la inocencia de Abby, retrocedió un paso... lejos de la tentación.

–Creo... se está haciendo tarde –dijo tras carraspear–. Deberíamos hablar de cuándo y cómo aparecemos juntos como pareja. Y luego me marcho.

Tenía que ser práctico, obligarla a pensar en lo que la nueva situación les depararía. Entonces pensó en tener que verse las caras con sus hermanastros y decidió que, puesto a ser práctico, lo mejor sería no volver a la casa de los Skaggs esa noche. Dormir al raso era lo mejor que podía hacer en esos momentos.

Abby tragó saliva. Nunca... jamás la habían besado de ese modo. Aunque un par de chicos habían plantado sus bocazas encima de ella cuando había bajado la guardia, sus besos no podían compararse con el de Gray. Sus labios habían resultado salvajes, carnales, adictivos. No había querido que parase. Seguía deseándolo.

Pero daba la impresión de que Gray sí había querido poner fin al beso. Estaba parado, tan tranquilo, obligándola a pensar en la situación en la que se habían metido. Había dado un paso atrás, que era como crear un abismo de un millón de kilómetros entre los dos, había cruzado los brazos sobre el pecho y la miraba con expresión estoica. ¿Cómo podía pasar de comportarse como un amante apasionado a parecer casi un desconocido en tan poco tiempo?

—¿Tenemos que contarle la verdad a

alguien? —contestó por fin—. ¿Se lo contarás a tu familia?, ¿crees que yo debería contárselo a Cinco?

—No le daré la menor explicación a mi familia. Que crean lo que les dé la gana —Gray se encogió de hombros—. Pero no sé si debes contárselo a tu hermano o no. Si se entera de la verdad, quizá se sienta herido en su orgullo por ser el que nos ha metido en esta farsa. Por otra parte... igual te apetezca atormentarlo un poco por inmiscuirse tanto en tu vida.

—No, no quiero que sufra. Cinco es mi hermano a pesar de todo. Y esta historia entre nosotros no será un incordio tan espantoso, ¿no?

Gray sonrió entonces y Abby sintió como si el sol le hubiera sonreído, aunque hacía tiempo que había anochecido y estaban rodeados de oscuridad.

—Estar prometidos no será problema si encontramos la forma de llevarlo sin alterar nuestra rutina más de lo necesario —dijo él—. ¿Qué haces la mayor parte de tus días y tus noches, princesa? Es más, ¿qué haces por aquí en vez de conociendo mundo?

Supuso que debería haberse irritado por la broma. De hecho, estaba convencida de que la había dicho para alejarla y apagar su deseo. Pero ya era mayorcita. No necesitaba ayuda para controlar sus sentimientos.

En cualquier caso, a la larga le resultaba indiferente lo que pensara de ella. Como era obvio que aquel beso espectacular no significaba nada para él. Lo necesitaba para llevar a cabo aquella farsa. Nada más.

—Estoy en el Rancho Gentry porque es mi casa —la voz de Abby se dulcificó al hablar del rancho—. Es verdad que me fui a estudiar fuera, pero he decidido que mis raíces están aquí. El rancho es parte de mí. Nunca he querido hacer otra cosa aparte de trabajar las tierras y cuidar los rebaños. Mi otro hermano, Cal, ese sí que es el trotamundos de la familia. A él no le importa estar lejos del rancho. Solo viene cuando Cinco le pincha —añadió sonriente al pensar en su familia.

—¿Y a qué te dedicas?

—Trabajo para el rancho. Y ya puedes dar gracias. De lo contrario, quizá estuvieras muerto bajo el barranco —contestó Abby. Gray frunció el ceño, pero no dijo nada—. Vale, a ver: me gusta despertar y sentirme en casa mientras cabalgo. Me gusta la soledad y la belleza del rancho. No me siento viva sin mis caballos y sin poner a prueba mi cuerpo y mi empeño contra los elementos.

—Filosofía de blancos —murmuró él–. No tiene sentido luchar contra la naturaleza, Abby. Yo he aprendido que los elementos tienen algo especial de lo que los hombres carecen. La naturaleza puede reaccionar si se la provoca, pero hay que tener cuidado: trabajará a tu favor si la respetas, pero te destruirá si vas en su contra. Te enseñaré a trabajar con la naturaleza, no en su contra. Te enseñaré la sabiduría de mi pueblo. Sacaremos provecho del tiempo que pasemos juntos —finalizó sonriente.

El discurso le pareció tan arrogante que no pudo evitar estallar.

—Vale, me acompañarás en las labores del rancho si quieres. Le diremos a la gente que la única forma de poder estar juntos es hacerlo mientras trabajamos. Cualquiera que me conozca se lo creerá —dijo y se dio la vuelta—. Ya veremos quién enseña a quién, Gray Parker.

A la mañana siguiente, un sol rojo y abrasador iluminaba el desastre del jardín delantero de los Gentry. Era evidente que la fiesta de la noche anterior se había terminado convirtiendo en una reyerta más que en una celebración.

Abby había empezado a trabajar desde antes de que despuntara el alba con un equipo de compañeros para el arrastre. Vern Butler lucía un ojo morado mientras doblaba sillas y las colocaba en un camión para guardarlas. Bucky Waters tenía la muñeca derecha vendada y los dedos entre azules y negros, de modo que tenía que usar la otra mano para recoger los platos sucios de plástico y las botellas de cristal rotas.

Aunque Abby no tenía ninguna lesión física, sí que estaba bajo los efectos de una herida interna que le impedía concentrarse a fondo en las labores de limpieza. Se sentía herida en su orgullo, aunque ninguno de sus compañeros le había comentado nada sobre su súbito noviazgo.

Claro que tampoco habían abierto apenas la boca en toda la mañana. Había mucho dolor y culpabilidad al retortero, mezclándose con los restos de comida de la noche anterior y las cenizas de las hogueras. Nadie parecía querer llamar la atención sobre su propio comportamiento.

Abby se descubrió fantaseando con el beso que había compartido con Gray mientras doblaba mesas de tijera. Había sido tan intenso. Nunca había experimentado algo parecido. Una parte de ella quería averiguar si arderían espontáneamente cada vez que se besaran, mientras que otra le pedía a gritos que no le permitiese volver a acercarse tanto.

Algo extraño había despertado en su interior mientras besaba a Gray. Algo en lo que nunca había reparado. Era una especie de suavidad extraña y Abby siempre se había considerado una mujer dura. Pero, de alguna manera, esa suavidad le generaba una enorme fuerza interior. Todo había sido muy raro y no estaba segura de si quería arriesgarse a exponerse de nuevo.

Abby oyó que la llamaban y se giró hacia Cinco, que la saludaba con la mano mientras se aproximaba hacia donde ella estaba.

–Buenos días. Te sienta bien estar prometida –le dijo con alegría. Luego miró los nudillos amoratados y las ojeras de sus compañeros–. Pero quizá sea mejor que lo hablemos en privado. ¿Puedes hacerle un huequito a tu hermano para explicarle este cambio tan repentino?

–Eh... sí, supongo que puedo parar un rato –accedió Abby.

Entonces comprendió que quizá tuviese que contarle a su querido hermano una mentira descabellada. Sintió un nudo en el estómago, pero se recordó que había sido él quien la había metido en aquel enredo.

–Venga, hermanita, no pongas esa cara, que no voy a darte ninguna charla. El amor es algo inexplicable. Puede que uno no lo encuentre en toda su vida; pero luego, de pronto, una noche levanta la cabeza y se da de bruces contra él –Cinco agarró la mesa de tijera que Abby acababa de doblar y la dejó junto a las otras–. Vamos a la sombra y te sirvo un poco de agua o limonada. He estado ocupado desde anoche y quiero contarte lo que he estado pensando.

Abby se dejó llevar hacia una pacana alta en la que esperaban los refrescos. No le apetecía mucho oír lo que su hermano tuviera que contarle, pero se armó de valor y se obligó a sonreír.

Después de acomodarse en unas tumbonas y dar un sorbo de limonada, Cinco comenzó su pequeño discurso. Ojalá no resultase muy embarazoso.

–Cariño, creo que te conozco lo suficiente para saber que a veces te dejas engañar por lo que las personas aparentan. Que eres muy confiada –comentó Cinco. Abby hizo ademán de hablar, pero su hermano continuó sin darle oportunidad a hacerlo–. No me digas que no eres así, porque te conozco desde que naciste. Y está muy bien que seas como eres. Pero es peligroso. No todas las personas tienen tan buen corazón como tú... Por suerte, al menos tienes un hermano mayor que se ocupa de ti. Así que dime, ¿qué sabes de Gray Lobo Parker?, ¿qué te ha contado de su vida?

Abby se sintió incómoda e irritada por las palabras de su hermano. No necesitaba saber nada de Gray que no supiera ya. Daba igual que apenas se conocieran y que en realidad no estuviesen prometidos. Gray había sido su héroe hacía muchos años y luego se habían convertido en vecinos.

Y había tenido la gentileza de sacarlos a ella y a su entrometido hermano de una situación comprometida. ¿Qué más necesitaba saber? El modo de comportarse de las personas era mucho más importante que lo que hubieran podido hacer en el pasado.

Además, todavía no había tenido ocasión de hablar con Gray ni ser su amiga. Claro que no era eso lo que debía responderle a Cinco.

–Nada especial –contestó por fin.

–Lo que suponía. Te has enamorado de quien parece que es, no de quien es de verdad.

–¡No! Yo no... –Abby se detuvo antes de

confesar que no estaba enamorada de Gray Parker–. Quiero decir, lo conozco lo suficiente. Y hemos pensado tener un noviazgo largo para conocernos mejor antes de casarnos –mintió.

–Escucha, cielo. No te digo que te hayas equivocado. De hecho, me alegro mucho por lo tuyo con Gray. Cuando lo encontraste en el barranco y le salvaste la vida, hice un par de averiguaciones sobre él. Luego, después de la fiesta y vuestro inesperado anuncio de anoche, he investigado un poco más. Sé unas cuantas cosas sobre Gray Lobo Parker –le explicó. Abby no podía creérselo. ¿Su hermano había investigado a Gray?–. Venga, no pongas esa cara de ofendida. Lo hecho por tu seguridad. No olvides que eres una mujer rica. No hace falta ser muy inteligente para sospechar que más de un hombre podría querer casarse contigo por el dinero.

Demasiado. Su hermano había ido demasiado lejos. Abby apretó los puños.

–Mira, Cinco, sé cuidar de mí misma –espetó entre dientes.

–Lo sé. Eres una mujer de cuidado –bromeó Cinco–. Pero reconoce que no tienes mucha experiencia en temas de amores. Piensa en mí como si fuese tu ángel de la guarda. Solo estoy para vigilar que no te pase nada.

Abby abrió la boca, la cerró sin articular palabra. No sabía qué decir. No podría impedir que Cinco le contara todo lo que había descubierto sobre Gray. Suspiró resignada y esperó.

—Apuesto a que no sabes que tu prometido es licenciado, ¿a que no? O que hasta hace un año era uno de los máximos candidatos para presidir el consejo nacional de tribus comanches —informó Cinco. Abby negó con la cabeza. De pronto, merecía la pena guardar silencio y atender—. Lo suponía. Pues parece que tu novio proviene de una larga línea de jefes de tribus ancestrales. Una especie de dinastía.

Si se paraba a pensarlo, Gray le había comentado que sus padres le habían enseñado las costumbres de los cazadores y los lenguajes de las tribus para convertirse en maestro.

—¿Sabes qué formación hace falta para lo del consejo ese? —preguntó.

—No exactamente —contestó Cinco—. Pero un colega de Internet me ha dicho que es una historia administrativa más que nada. Cosa para lo que está capacitado gracias a su título en Empresariales. Pero hay algo más. Por lo que he podido averiguar, existen unas pruebas para ser proclamado jefe. He leído que hace falta hablar el idioma de la tribu con fluidez, saber cazar sin pistola y conocer a fondo la religión y la historia de la tribu... solo para tener opciones.

–Entonces... ¿qué hace viviendo en el rancho de los Skaggs? –quiso saber Abby.

–Estaría bien que se lo preguntaras a él –dijo Cinco tras encogerse de hombros–. Lo único que sé es que Gray volvió a Texas el año pasado, al Rancho Skaggs, después de que su madre muriera. Y conste que soy el primero al que le gustaría saber la respuesta, cariño. No me gustaría que tuvieseis que abandonar el Rancho Gentry después de casaros. Pero supongo que una esposa debe seguir a su marido allá donde la vida los lleve, aunque eso implique cambiar Texas por Oklahoma.

Una nube oscura se cernió de pronto sobre el cielo despejado de Texas. Abby sintió un escalofrío. A pesar de que su hermano estaba hablando como un machito estúpido, y por mucho que en realidad no estuviera prometida a Gray, las palabras de Cinco le dieron mucho que pensar.

Gray conducía a Nube Tormentosa a través de la niebla, siguiendo de cerca de Abby, a lomos de su caballo castrado. Llevaban dos días con aquel presunto noviazgo y era la primera ocasión que tenían de pasar un poco de tiempo juntos.

La pequeña heredera seguía siendo un incordio. No había dejado de darle órdenes un solo instante. Gray se había obligado a mantener la boca cerrada e ir tras ella. Le debía la vida. En los últimos tiempos, no hacía más que recordarse que le debía la vida.

Habían decidido pasar la mayor parte del tiempo en el Racho Gentry, dado que allí había muchas más cosas de las que ocuparse que en el Rancho Skaggs. Gray podía echar un vistazo a sus ponis en los ratos libres. Al fin y al cabo, no tenía que cuidar del rancho en sí, perteneciente a su padrastro, sino únicamente asegurarse de que los caballos estaban bien.

Mientras atravesaban un valle estrecho de poca inclinación, el sol empezó a abrirse hueco entre la niebla. Gray miró a Abby cabalgando delante de él a la luz grisácea del amanecer.

Tenía una buena postura sobre el caballo, con la cabeza erguida y las piernas sin tocar apenas los flancos del animal. Se preguntó si sería capaz de mantenerse sobre un caballo salvaje, galopando libre con el viento... como debía galoparse.

Pero se tomaría su tiempo antes de sugerirle nada. Abby quería ser la jefa del mundo. Adelante. Ya la convencería de qué era lo mejor en aquel entorno. Antes de que pusieran fin al acuerdo que los unía, le ofrecería una nueva visión de la naturaleza.

Abby aminoró el ritmo y se detuvo frente a un abrevadero vacío que debía llenar un molino cercano. Mientras desmontaba, Gray observó su cuerpecito, firme y ágil en todos sus movimientos. Estaba entusiasmado con la belleza de aquella mujer.

—¿Qué?, ¿me vas a ayudar o te vas a quedar en el caballo con esa cara de aburrimiento? —dijo ella mientras sacaba las herramientas de sus alforjas.

—Te ayudo —Gray desencabalgó.

Abby tardó unos minutos en localizar el mecanismo del molino que había frenado la bomba de agua. Le explicaba cada paso que daba mientras trabajaba. El funcionamiento de la bomba era sencillo como la propia naturaleza. Una palanca aquí, una polea allá. Le encantaba su elegancia. El molino formaba parte de ese lugar como el resto de los silenciosos y productivos milagros de la naturaleza.

Le prestó una mano cuando Abby necesitó una tercera. Giraron y aflojaron un par de tornillos rotos, arreglando lo que tenía remedio y sustituyendo lo que no lo tenía.

Mientras Abby se concentraba en el trabajo, Gray disfrutó de unos minutos para concentrarse en ella. Tenían que estar codo con codo para ayudarla, lo que no le molestaba en absoluto. Le permitía estudiar sus facciones de cerca. Aspirar su sudor femenino, tan seductor. Rozarle el brazo al acercarle una herramienta y sentir sus músculos fibrosos bajo las camisas de los dos.

Abby seguía absorta cuando Gray examinó los rasgos y las pecas que salpicaban su cara. Su piel se había sonrosado con el sol. Era una piel demasiado delicada para someterla a esos trabajos tanto tiempo, pensó.

Pero los pensamientos descarrilaron cuando vio una gotita de sudor cayendo bajo el sombrero. La gota de humedad salada bajó por su mejilla, por el mentón y descendió hacia el cuello.

Tuvo que contener la respiración y apretar los dientes para no inclinarse hacia delante y saborear la dulzura de aquella gota salada; para no lamerle, de paso, la miel que era toda la piel de Abby.

Justo entonces la gota se internó por el escote y desapareció bajo las redondas profundidades ocultas tras la camisa de trabajo. Gray quiso seguir el rastro de la gota. Poner los labios donde esta estuviese. Quería darse esa satisfacción... y excitarla.

—Bueno, asunto arreglado —Abby se puso de pie y se sacudió el polvo de las manos—. ¿Quieres descansar un poco? Yo me tomaría un café. ¿Te apetece un poco de agua?

El molino chirrió un par de veces hasta que el viento lo puso en marcha. Luego siguió girando en silencio. Un minuto después, empezó a caer agua en el abrevadero. Gray agradeció la distracción.

—Un café está bien, sí.

Abby usó un poco de agua para lavarse las manos y la cara. Gray la imitó. El agua, aunque no estaba muy fría, sí era fresca y limpia. Dejaron que el aire los secara mientras Abby guardaba las herramientas en las alforjas y sacaba los termos de café.

Antes de que Gray diera el segundo sorbo a su taza, sonó el móvil de Abby. Lo sacó del bolsillo de la camisa y respondió.

—Era Jake —lo informó después de despedirse y colgar—. Necesita que alguien le eche una mano y nos ha elegido. Acabamos de acordonar toda esta zona con alambres. ¿Recuerdas que dijiste que se te habían colado algunos caballos en nuestro rancho? Pues hemos cambiado todo el alambre, pero parece que no aguanta. No tiene sentido. Yo misma ayudé a colocarlo.

–Quizá no estaba en buen estado el alambre –comentó Gray.

–Puede.   Ahora   lo   veremos. Cabalgaremos un par de kilómetros y lo comprobaremos.

Veinte minutos después, Gray seguía de nuevo a Abby mientras cabalgaban despacio, inspeccionando la seguridad del vallado a medida que avanzaban. Lo fascinaba el contoneo de sus caderas y la fortaleza con la que mantenía la espalda recta.

Se estaba encariñando de ella. Como poco. Tenía que encontrar la forma de no hacer caso a lo que sentía cuando estaba cerca de Abby.

Mientras intentaba apartar los ojos de ella, el caballo de Abby se encabritó de repente. Gray la miró mientras Abby trataba de calmar al caballo sin perder el equilibrio. Pero el animal siguió forcejeando y saltando como si hubiese visto algo en el camino que lo hubiese asustado.

Cuando más se empeñaba Abby en seguir encima, más decidido parecía el caballo a tirarla. Los ojos del caballo miraron hacia atrás antes de relinchar enloquecido.

Solo entonces vio Gray el trozo de alambre que se le había enredado en una de las patas. Detuvo a Nube Tormentosa, se apeó y corrió hacia Abby lo más rápido que pudo. Intentó avisarla, pero no pudo oírlo entre los relinchos.

Y llegó tarde. Cuando apenas le faltaban unos metros para llegar a su altura, el caballo hizo un giro casi imposible y perdió el equilibrio.

Ante el asombro de Gray, el caballo empezó a caerse con Abby encima. Gray quiso cerrar los ojos a la tragedia que tenía lugar ante él, pero no pudo desviar la mirada.

Solo pudo esperar que quizá, gracias a lo ágil y atlética que era, Abby pudiese saltar a tiempo. Que no dejara que el caballo la aplastara al chocar contra el suelo.

En efecto, Abby consiguió saltar. Pero no acertó con el momento ni la dirección adecuadas. En vez de ir hacia la izquierda, pasó sobre la cabeza del caballo y aterrizó a la derecha.

Como si se tratara de una secuencia de terror a cámara lenta, Gray vio a Abby aterrizar contra el alambrado. Por un momento, el vallado cedió a su peso y luego hizo uno de los peores sonidos que jamás había oído.

El ruido de un alambre que cedía, soltando un latigazo... quizá mortal.

Capítulo Seis

Gray llegó a su lado en cuanto el alambre destensado terminó de retroceder.

—¡Abby!

Oyó un gemido y dio gracias a los dioses porque siguiera con vida. Pero no podía tocarla. El alambre había rodeado su cuerpo y la tenía atrapada como un capullo de espinos. Le sangraba la piel, que empezaba a manchar el suelo de rosa.

—No te muevas —gritó él—. ¿Me has oído, Abby? No te muevas.

—El caballo —murmuró ella—. Ayuda al caballo.

—Deja que te suelte primero —dijo Gray mientras se agachaba a examinar el alambre que la capturaba—. El caballo puede esperar. Por favor, estate quieta.

No parecía que se hubiese cortado ninguna arteria importante. Pero tenía sangre por todas partes. Abby giró la cabeza un poco y se hizo un desgarro en la mejilla.

—El caballo primero —susurró.

Quiso gritarle que fuese razonable, que le

dejase quitarle el alambre lo primero. Pero vio la determinación en sus ojos medio cerrados y supo que sería inútil. Abby solo se quedaría quieta si antes salvaba al caballo. El temor por su bienestar pugnaba con su propia necesidad de ayudar a una criatura que no podía ayudarse por sí sola.

—De acuerdo. Salvaré al caballo, pero estate totalmente quieta. No hables. Ni parpadees.

Gray corrió hacia el animal. El pobre estaba tumbado, forcejeando en el suelo, donde se había caído, y cuanto más se movía más se le enredaba el alambre en la pata. Era una situación desesperada para el caballo. Cuanto más se movía, más se le hundían los espinos del alambre y más le sangraban las heridas.

Gray le habló en el lenguaje de sus antepasados. No sabía si serviría para calmar al animal, pero mal no le haría. También le dio algo en lo que pensar mientras sacaba la bolsa de herramientas de la alforja de Abby.

Por suerte, estaba situada sobre el costado izquierdo del caballo. De haber estado entre el animal y el suelo, Gray no habría podido alcanzarla.

Se dirigió al caballo con la voz más suave que pudo mientras abría la bolsa y sacaba el cortaalambres. Una vez agarrados comprendió que no podría liberar al caballo si este seguía pateando y retorciéndose. Tenía que hacer algo más para tranquilizarlo, así que se acercó a Nube Tormentosa y sacó una venda de sus alforjas.

Al ver que Nube Tormentosa miraba al caballo herido con preocupación, Gray tuvo otra idea:

–Ayúdame a ayudar a tu hermano –le suplicó–. Lo salvaré, pero tiene que estarse quieto.

Gray colocó la venda sobre los ojos del caballo al tiempo que Nube Tormentosa emitía un ruido alto y profundo con la garganta. El caballo reaccionó de inmediato a la ceguera y al aviso de su hermano caballo, instalándose en una calma tensa para que Gray pudiese liberarlo.

Después de quitarle los espinos y esconderlos tras un matorral, Gray le retiró la venda. Un segundo después, el caballo se levantó y Gray le aplicó la venda a la pata para presionar y contener provisionalmente la sangre de los cortes.

Sin permitirse un respiro, regresó junto a Abby.

–El caballo está de pie. Luego le curaremos las heridas. Ahora voy a soltarte.

Mantén los ojos cerrados y estate lo más quieta que puedas –dijo en un tono demasiado duro.

Abby no hizo el menor movimiento, no emitió sonido alguno y, por un segundo, Gray se preguntó si se habría desmayado. Pero mientras estudiaba el alambre que le lastimaba la cara, notó un ligero temblor en los párpados mientras luchaba por mantener los ojos cerrados. Seguía consciente y seguía llena de espinos. Tenía tanto miedo que Gray pensó que se le saldría el corazón del pecho.

¿Por qué no le habría pasado a él? Estaba entrenado para soportar grandes dolores físicos. Había practicado la forma de abstraerse del dolor. Había pasado años aprendiendo a estar totalmente quieto mientras esperaba una presa.

Pero tenía que sucederle aquella calamidad a la dura mujercita del Rancho Gentry. A la mujer que le había salvado la vida. A Abby. Con lo bella y vital que era. Se le nubló la visión y, al frotarse los ojos, los notó humedecidos. Apretó los dientes y agarró el cortaalambres de nuevo.

Una angustia horrible se apoderó de su espíritu, mermando la eficacia de sus esfuerzos por salvarla. Cerró los ojos un segundo y rezó a sus antepasados para que fueran en su auxilio. Les rogó que lo ayudaran a dejar de ver a la mujer herida y a concentrarse en el trabajo que tenía que hacer. Les rogó que dieran fuerza y estabilidad a los movimientos de sus manos. Que le permitieran salvarle la vida, como ella se la había salvado a él.

Cuando abrió los ojos, observó un pequeño hueco en el nudo que le rodeaba la cabeza. Sujetó el alambre con una mano e hizo un corte con la otra. Oyó el ruido del corte y, afortunadamente, el alambre no siguió tensándose. Lo había conseguido: había encontrado la forma de deshacer el enredo sin empeorar la situación.

Gray procedió a cortar por todas las partes en las que encontraba un hueco. Tenía que concentrarse en el alambre nada más, porque cada vez que miraba la piel ensangrentada de Abby el corazón se le encogía y le entraba miedo de que la mano le fallase.

Aunque consiguió liberarla en relativamente poco tiempo, algunas de los espinos se habían hundido en la carne de Abby tanto como en la pata del caballo.

Llegó un momento en que no le quedaba otra cosa más que empezar a sacarle lo que le quedaba dentro.

–Abby, te voy a quitar los espinos. Me temo que va a dolerte mucho más que hasta ahora.

Oyó un gruñido débil a modo de respuesta y Gray supo que debía de tener el cuerpo dolorido de estar inmóvil tanto tiempo. Sabía por propia experiencia que empezaría a sentir pinchazos en los músculos en cualquier momento.

–Iré lo más rápido posible –le dijo–. Sigue a mi lado. No te rindas. Si aguantas un poco más, lo habrás conseguido.

Gray empezó con el feo desgarro de la mejilla. El espino se había introducido bajo la piel y había subido hasta justo debajo del ojo. Un centímetro más y podía haberse quedado ciega de ese ojo de por vida.

Le retiró el espino con el máximo cuidado. Pero luego tuvo que actuar con rapidez para que la sangre no le saliera a borbotones. Se quitó la camisa y la partió en tiras. Quizá no estuviese limpia del todo, pero era la única forma de conseguir que la vida de Abby no se derramara hacia el suelo.

Trabajó en el resto de los espinos con ambas manos, utilizando el cortaalambres y unas pinzas que había encontrado entre las herramientas de Abby. Cada vez que sacaba un espino, le salía un chorro de sangre de la herida. Gray deseaba no ver el sufrimiento de Abby, pero tenía que mantener los ojos abiertos y seguir concentrado. Se lo debía.

Cuando le hubo examinado el tronco y solo le quedaban metidos los espinos de las piernas, el sudor corría por la frente y la espalda de Gray como ríos de lava furiosa en un volcán en erupción.

–Tienes que seguir quieta un poco más –le dijo con más aplomo del que sentía–. Pero ya puedes abrir los ojos y hablar. Tengo que saber qué tal vas.

Abby levantó los párpados y exploró los alrededores. Gray notó el dolor que asomaba a sus ojos, sabía el tremendo esfuerzo que había realizado para mantener la calma. Era increíble que hubiese sido capaz de soportar tanto dolor sin gritar ni llorar.

Se sentía orgulloso de ella. Tanta admiración que el pecho se le henchía. Pero también se le encogía, sensible al dolor de Abby.

Justo entonces se recordó que se trataba de una mujer blanca y terca. Lo desquiciaba sentirse tan atraído hacia ella. Una cosa era hacer honor a su deuda y otra dejarse arrastrar por la corriente que fluía de uno a otro.

–Espera. Saca el maletín de primeros

auxilios –murmuró Abby con voz ronca.

–Calla. Para de dar órdenes y déjame que te ayude.

Se apartó de Abby y se puso de pie despacio. Necesitaba un segundo para serenarse.

Veinte agonizantes minutos después, Abby estaba libre. Gray le había embadurnado el cuerpo con un tubo entero de un ungüento antiséptico y le había rodeado brazos y piernas de vendas. La mayoría de las heridas habían dejado de sangrar tanto, pero seguían empapando las vendas por algunas partes.

–¿Me acercas el móvil? –dijo ella entre dientes.

Gray miró el cuerpo inerte de Abby y se reprochó no haber pensado en el teléfono antes. Abby tenía la ropa hecha trizas. Hasta los vaqueros se le habían hecho jirones con el alambre. Recordaba haber visto el móvil en el bolsillo de la camisa, pero debía de habérsele caído al suelo.

–¿A quién llamo? –preguntó cuando por fin lo encontró tirado unos metros más allá.

–Pásamelo –le pidió ella con voz débil.

–Otra vez dando órdenes –rezongó

Gray–. No puedes sostener el teléfono. Mírate las manos.

Abby movió la cabeza, gruñó.

Maldita fuera. ¿Por qué le ponía las cosas tan difíciles?

–Dime cómo llamar al rancho –le rogó–. Sé que basta con pulsar un botón; pero, ¿cuál?

–El tres.

Gray consiguió ponerse en contacto con el capataz, aunque las manos le temblaban sin control y el olor de la sangre se le colaba por las ventanas de la nariz y lo hacía atragantarse con cada palabra. Tras informarlos de su paradero, Jake le aseguró que el helicóptero de urgencias llegaría en breve.

Luego colgó. No sabía qué más hacer por ella. Tenía miedo de tocarla. Miedo de hacerla sangrar más.

Pero daba tanta pena verla tumbada de lado, respirando despacio por temor a que le doliese. Parecía... tan sola.

Con la máxima suavidad, Gray le levantó la cabeza, la colocó sobre su regazo y le agarró la parte de las manos que tenía menos lastimada.

–Te vas a curar. El helicóptero ya está en camino. Te pondrán un calmante mientras te llevan al hospital. Ya lo verás. Te van a tratar como a una reina, te lo prometo.

Abby parpadeó y gimió. Gray deseó poder hacer algo para confortarla.

—¿Has terminado de curar a mi caballo? —susurró ella.

—Todavía no.

—Hazlo ahora. Quiero saber que está bien —dijo Abby.

—¿Serás...! —Gray se lo pensó dos veces antes de terminar la frase. Le habría repetido lo cabezona que era y le habría pedido que se callara y dejase que la sangre coagulase—. Tú estate tranquila —murmuró finalmente.

Estaba enfadado y sabía que no estaba siendo razonable. No podía esperar que Abby fuera sensata estando tan dolorida. Y aunque siempre se había enorgullecido de mantener la calma hasta en momentos de gran agitación, cada vez que veía sus heridas no podía evitarlo: le entraban ganas de darle un golpe a algo o a alguien... nada que ver con la actitud propia de un jefe comanche.

Respiró hondo antes de decir:

—Tu caballo estará bien. En cuanto vengan los médicos, le curaré las heridas de la pata. Tranquilízate.

Abby cerró los ojos... respiró levemente.

Gray hizo lo mismo, sin dejar de rezar un solo segundo para que los antepasados lo guiaran.

Abrió los ojos y recorrió la habitación del hospital con la mirada. Por fin vio a su hermano Cinco, sentado en una silla junto a la cama. Tenía los ojos cerrados y parecía cansado.

Abby tragó saliva y se dio cuenta de lo seca que tenía la garganta. Giró la cabeza en busca de agua y se fijó en un objeto oscuro situado en una esquina de la habitación. Entonces distinguió a Gray, con la espalda apoyada contra la pared, los brazos cruzados sobre el pecho y los ojos también cerrados.

¿Acaso no tenían nada mejor que hacer que sestear en su habitación? Supuso que llevaría un día o dos en aquella cama, desde que la habían trasladado en el helicóptero, y aunque los médicos le habían dado calmantes suficientes para pasar dormida los peores momentos de dolor, recordaba que Gray y Cinco habían pasado la mayor parte del tiempo a su lado.

Intentó aclarar la garganta para pedir agua, pero apenas logró emitir un ruidillo.

Bastó, no obstante, para que los dos hombres abrieran los ojos y corrieran a atenderla.

—Abby Joe, estás despierta —dijo Cinco—. ¿Cómo estás?

—Sedienta —contestó ella—. ¿Me das un poco de agua, por favor?

—Por supuesto —Cinco le llevó un vaso de plástico con una pajita y se la acercó a los labios—. Toma, cariño.

—¿Cómo está el caballo? —preguntó después de un par de tragos, sintiéndose mucho mejor de inmediato.

—Bastante mejor que tú —respondió Gray—. Mañana le quitan las vendas y se olvidará de toda esta odisea. Podrás volver a montarlo en cuanto te recuperes.

Algo era algo, pensó Abby. Luego intentó cambiar de postura y comprendió que, en efecto, estaba en peor forma que el caballo. Los dos hombres la ayudaron a incorporarse.

Después de hacer una montaña con las almohadas y de levantarle la cama para que pudiese ver, Abby notó una expresión preocupada en el rostro de Gray. Cinco también parecía alerta.

—¿Me he perdido algo mientras estaba dormida? —preguntó Abby.

Gray y Cinco intercambiaron una mirada sombría, multiplicando si cabe el interés de ella.

—Cariño, ¿cuánto recuerdas de tu accidente? —arrancó su hermano.

Abby no prestó atención al énfasis que Cinco había puesto en la palabra accidente. Decidió que ya le preguntaría al respecto más adelante.

—Me gustaría no recordar nada... Sobre todo los doscientos espinos que se me clavaron. Pero supongo que estará todo en alguna parte de la memoria. ¿Por qué lo dices?

—Bueno... había algo que no me encajaba con lo del alambre ese suelto —explicó Cinco tras sentarse y apoyar los codos en las rodillas—. Ninguno de nuestros hombres sería tan descuidado.

—Eso es verdad. Todos los que trabajan en el rancho saben lo que un alambre de espinos puede hacerle a un caballo —Abby tragó saliva—. O a una persona.

—Exacto. Así que he organizado una pequeña investigación. Jake y yo hemos comprobado el alambrado que hemos puesto durante el último mes —Cinco hizo una pausa, miró a Gray, tomó aire antes de proseguir—. Había seis sitios con alambre tirado en el suelo... Parecía como si lo hubieran colocado... o plantado allí.

—¿Plantado? —repitió Abby—. ¿Adrede, quieres decir?

—Eso me temo, cariño.

—¿Pero quién haría algo así? —Abby se obligó a mantener la calma. Le seguía doliendo cada centímetro del cuerpo y le convenía moverse lo menos posible.

—Esa es una de las preguntas que nos hacemos. Pero no la única —contestó Cinco—. Aparte de los que había tirados en el suelo, hemos descubierto que algunos de los alambres estaban aflojados de sus postes.

—Pero... suena como si alguien quisiera provocar un accidente adrede.

—Eso parece, cielo —Cinco sonrió a su hermana—. Aunque no creo que pueda llamarse accidente a lo que te ha pasado.

—¿Cómo lo llamarías entonces?

—Intento de asesinato —intervino Gray con una voz demasiado serena, demasiado calmada.

—Dios —Abby se recostó contra las almohadas y deseó desaparecer. No podía ser verdad. Alcanzó el vaso de agua con la mano buena y dio un par de sorbos largos—. Entonces no creéis que mi accidente haya sido una travesura que se ha ido de las manos.

–No, cariño –contestó su hermano con delicadeza–. Alguien ha querido herir o matar a alguna de las personas que trabajan en nuestro rancho.

–Pero, ¿por qué?

–Buena pregunta –dijo Gray–. Nosotros nos preguntamos lo mismo. Jake y el comisario creen que es mejor tratar de averiguar en quién podría querer hacer daño a alguien del rancho.

–¿Quién?

–Jake sugirió que alguno de los vaqueros que pensaran que se merecían tener la oportunidad de casarse contigo y que estuviesen suficientemente celosos y enfadados por haberte perdido como para... querer verte muerta –Cinco le retiró el vaso de agua y le agarró la mano–. Cree que iban por ti. O si no, por Gray.

Los dos hombres se quedaron callados, esperando en silencio alguna reacción. Que se pusiera histérica, supuso Abby. Los veía ahí, conteniendo la respiración, probablemente esperando a que su miedo apareciese en forma de lágrimas. Pero no tenía ganas de llorar.

Lo que estaba era rabiosa. Hecha una furia.

–¿Me estás diciendo que algún vaquero

enfermo intentaría matar o mutilar a un caballo para que yo me cayese... por haberme prometido a Gray? –contestó en tono chillón. Pero eso no pudo evitarlo–. No me lo creo.

Cinco y Gray se miraron. Después la miraron a ella. Se apartaron un paso de la cama. Cinco fue el primero en hablar.

–A ver, Abby Jo. Sé que la idea no te gusta, pero hemos considerado cualquier otro motivo. El anuncio de tu compromiso causó tal conmoción en el condado que no se nos ocurre otra respuesta lógica

–A la porra la lógica –fue todo cuanto acertó a contestar. Y habría tirado algún objeto si el brazo no le doliese tanto.

–Eso no es todo, cariño –continuó con precaución su hermano–. El comisario teme que sigas en peligro. Ha puesto a un agente en la puerta para vigilarte mientras dormías. Quiere asignarte a un guardaespaldas permanentemente... o al menos hasta que descubramos quién está detrás de esto.

–Ni hablar –se negó Abby Jo. Quería gritar, chillar, encontrar al idiota que había herido a su caballo y retorcerle el pescuezo; pero no quería tener detrás a un agente de policía–. Dile al comisario que se guarde...

–Yo estaré contigo, Abby –dijo Gray.

125

Luego se giró hacia Cinco–. El ataque podría haber estado dirigido contra mí también, ¿no?

–Sí –asintió Cinco–, pero...

–Entonces Abby y yo estaremos juntos y nos protegeremos mutuamente. No confío en nadie tanto como en ella.

Abby sintió que el corazón se le hinchaba de orgullo. Nadie le había dicho nunca que confiaba en ella tanto como para poner la vida en sus manos. Lo miró a la cara y al ver la expresión tan sincera de su rostro, creyó que el corazón se le saldría del pecho.

–Hablaré con el comisario. A ver qué puedo hacer –dijo Cinco poco convencido. Luego agarró el sombrero y enfiló hacia la puerta–. Mientras tanto, te conviene descansar. El médico ha dicho que aunque te quitarán casi todos los puntos la semana que viene, no hay ninguna razón por la que no puedas volver a casa mañana. Meredith te puede traer algo de ropa para el viaje hasta el rancho. Vendrá a visitarte por la tarde. Pídele lo que necesites... Estoy haciendo todo lo que puedo por averiguar quién te ha hecho esto, cariño. Nadie en el rancho descansará hasta que lo descubramos. Pero tienes que ayudarnos y no poner en peligro otra vez tu vida. Haz caso de lo que Gray y yo te digamos, ¿vale? –añadió mientras abría la puerta.

Abby asintió con la cabeza, pero un segundo después ya estaba preguntándose cómo podría reincorporarse a las labores del rancho.

–¿Me acompañas al camión, Gray? –le preguntó Cinco–. Quiero hablar contigo.

–Por supuesto. Te veo en el ascensor dentro de un minuto –respondió. Gray se giró hacia Abby cuando Cinco se hubo marchado–. Volveré en seguida. El agente del comisario está afuera sentado... No te preocupes, corazón. Todo saldrá bien. Tenemos los espíritus ancestrales de nuestra parte –añadió justo antes de rozarle los nudillos amoratados con los labios.

La suavidad del beso y la ternura de su mirada la aturdieron. Abby cerró los ojos, suspiró.

–No estoy preocupada, Gray.

Este posó la mano de ella sobre la cama y salió con sigilo de la habitación. Sabía que Cinco quería indicarle la mejor forma de proteger a su hermana. Pero no debía temer por eso. Gray no había aprendido todas aquellas lecciones de supervivencia en vano. Nadie podría acercarse a él por la espalda toda vez que sabía que había una amenaza afuera.

En efecto, Cinco le habló de cómo proteger a Abby, pero Gray lo convenció de que
podría encargarse de cualquier posible
agresión en el rancho. Luego, Cinco le
indicó dónde pensaba que Abby estaría más
segura. Gray lo escuchó con educación.
Cuando por fin entró en el camión y
arrancó el motor, Gray fue junto a la ven-
tana para oír las últimas indicaciones de
Cinco.

–Una cosa más, Parker. Quería darte las
gracias por todo lo que hiciste por mi hermana en el rancho el otro día. Si no hubie-
ras estado ahí... –Cinco se aclaró la garganta–. Personalmente, no sé cómo
conseguiste mantener la calma ante un
accidente tan espantoso, sacarle todos los
espinos mientras esperabas al helicóptero.
Si hubiera sido yo el que estaba ahí suje-
tando al amor de mi vida, sangrando entre
mis brazos, malherida, no sé si habría
podido actuar con frialdad.

Instantes después, Gray vio el camión de
Cinco desaparecer tras una curva y se giró
hacia el hospital en el que Abby estaría durmiendo. No, pensó mientras se repetía las
palabras de Cinco. Si estuviese enamorado
de Abby, no habría podido actuar con tanta
frialdad. Y, sin embargo...

Daba igual. Si estaba enamorado o no era indiferente. No podía amar a una mujer blanca. Respetarla sí. Ser su amiga también. Hasta mantener relaciones sexuales... quizá. Pero el amor llevaba consigo compromisos para toda la vida. Y Gray ya se había comprometido con el *nemene*. Si algún día se casaba, su esposa sería una piel roja, elegida por sus mayores.

Durante las siguientes horas, mientras hacía guardia sentado junto a la cama del hospital y mirándola dormir, Gray tuvo que recordarse varias veces que era una auténtica suerte que fuese un hombre tan racional y que en realidad no estuviese enamorado de Abby.

Sin duda. Porque el amor lo complicaría todo.

Capítulo Siete

Abby subió con cuidado a lomos de una yegua y aspiró el aire suave de la primavera. Estaba tan contenta de sentir el sol después de diez días recuperándose en casa que no le importaban los diversos dolorcillos que todavía afectaban a varias partes de su cuerpo.

—¿Estás seguro de que Jake dijo que no me permitiría ayudar en el rodeo? —le preguntó a Gray mientras se ajustaba la montura.

Había estado junto a ella constantemente durante aquellos diez días. Por supuesto, Abby se había pasado casi todo el tiempo dormida o en la consulta del médico, para que le quitaran los puntos. Pero, al margen de dónde hubiese estado, Gray no se había separado de ella... tal como había prometido. Aquel era su primer día a caballo desde el accidente.

—Abby, sabes que el médico no quieres que hagas demasiados esfuerzos hasta que te curen la cara del todo.

Abby se llevó la mano a la mejilla

130

izquierda, al peor desgarro que se había hecho con los espinos. Estaba mucho más feliz cuando se olvidaba de ella, pero en ese momento, ante la atenta mirada de Gray, recordó la pinta tan mala que tenía aquella herida al verse en un espejo.

Era en momentos así cuando lamentaba no haber aceptado que la vigilara el agente del comisario, en vez de tener a Gray a su lado todo el rato presenciando su fealdad. Quería estar guapa para él, cosa que nunca le había pasado. La cicatriz de la mejilla le molestaba, aunque no parecía que a Gray le molestase mucho. Y si a él le daba igual, también se lo daba a ella.

Además, estaba algo más que agradecida a Gray y quería seguir teniéndolo cerca para poder admirar cómo se le ceñían los vaqueros a los muslos, cómo se ajustaban los músculos de sus brazos contra las mangas de la camisa. Mientras reposaba en casa, tratando de dormir para sobrellevar los dolores, había recordado la ternura y la velocidad con la que había trabajado para salvarles la vida a ella y a su caballo. Había actuado con cuidado y firmeza y, según el doctor, Gray la había salvado de haber sufrido heridas todavía más graves.

El recuerdo de su piel bajo el sol regresaba a su cabeza para provocarla. A pesar del dolor y el miedo que había pasado aquel día, la dulzura y los brazos de Gray, que se había desnudado para vendarle las heridas, habían conseguido distraerla un poco en los peores momentos.

—Atengámonos a lo que teníamos planeado —dijo él, devolviéndola al presente de golpe—. Nos acercaremos tranquilamente al Rancho Skaggs, veremos cómo están los ponis y luego comeremos en mi cabaña, ¿de acuerdo?

Abby asintió con la cabeza al tiempo que terminaba de acomodarse sobre la yegua. Le gustaba volver a estar sobre la montura. Aunque solo fuera para un paseo.

Mientras trotaban hacia el rancho del padrastro de Gray, Abby trató de matar el tiempo y pensó en algunas preguntas que llevaba días queriendo formular. Dado que el médico había insistido en que fuesen despacio, en vez de galopar, supuso que sería un buen momento para hablar con Gray sin interrupciones.

—Háblame de los ponis. Tengo entendido que te pertenecen. No lo entiendo. Creía que eran de tu padrastro. Que los había heredado de tu madre.

Gray se levantó el sombrero y se alisó el

cabello. Le había crecido el pelo. Empezaba a ensortijársele alrededor de las orejas y ya le llegaba por debajo de la nuca.

–Los ponis son criaturas de la tierra del Gran Espíritu –contestó Gray con voz suave y profunda–. No pueden pertenecer a ningún hombre. Podemos custodiarlos, cuidar de ellos, ayudarlos a sobrevivir si queremos, pero nadie puede poseer un animal libre y salvaje.

Abby se giró para ver los ojos de Gray. Necesitaba ver la expresión de su cara. Pero ya se había puesto el sombrero y el ala proyectaba una sombra oscura sobre sus ojos.

–Por desgracia, el hombre blanco solo cree en el poder de la propiedad –prosiguió Gray–. Así que legalmente supongo que la respuesta es sí, los ponis me pertenecen. Mi madre me los legó en su testamento. Al casarse con Joe Skaggs le dijo que los ponis debían permanecer en manos del *nemene*. Que mi padre había querido que me ocupara de ellos cuando ella no pudiera cuidarlos... Supongo que a mi padrastro no le hizo mucha gracia no poder apoderarse de los ponis. Heredó el patrimonio de mi madre, pero no le bastaba. Presentó un recurso para cambiar las condiciones del testamento, pero no llegó muy lejos, a pesar de que yo no disponía de un abogado que me representara. Me hizo la vida imposible durante meses, incluso cuando acababa de enterrar a mi madre.

—Lo siento, Gray. Lo siento mucho. Pero, ¿por qué quería adueñarse de los ponis? Son preciosos, salvajes, están llenos de vida, pero...

—Sí, te entiendo. Los ponis no dan mucho dinero —Gray vaciló, la miró y volvió a mirar al frente—. Pero hay rancheros caprichosos a los que les gusta tener caballos raros para presumir y estarían dispuestos a pagar mucho dinero por un poni indio.

—Rancheros como Cinco, ¿no? —saltó Abby irritada—. Pues déjame decirte que mi hermano no es ningún caprichoso. Trabaja mucho. Todos lo hacemos. La diferencia es que él trabaja en una mesa, nada más. Si compró ese poni fue para hacerle un favor a un amigo. Se había endeudado y necesitaba venderlo. A Cinco le dio miedo de que el poni fuese a manos de la persona equivocada y lo compró. Le parece bonito. A mí también me lo parece.

Gray se giró y Abby supo que la estaba estudiando bajo la visera del sombrero.

—Sí, sé que te gusta —Gray hizo una pausa, como intentando decidir qué añadir–. Yo también le he permitido a mi padrastro que venda algunos de los ponis a personas cuidadosas alguna vez. Pero solo es una medida transitoria. Para que Joe pague sus deudas y mantener a los demás ponis bien alimentados. En cuanto pueda ahorrar para mi propio rancho, los ponis y yo nos alejaremos de Joe Skaggs. Quiero que los ponis campen libremente, no que estén al servicio del hombre blanco. Puede que algún día los exhiba con fines educativos, pero deberán permanecer siempre libres para que disfrute de ellos todo el mundo, no un puñado de personas.

–¿Tan importantes son para ti? –preguntó Abby con seriedad.

–Lo son para el *nemene*. Los ponis indios son nuestro legado. A lo largo de los siglos se nos ha conocido como los Señores de las Llanuras, somos famosos por nuestra destreza con los caballos. Los comanches fueron los primeros en aprender a dar de comer a un caballo, los primeros y mejores comerciantes de caballos del Oeste y, gracias a los ponis indios, guerreros casi invencibles.

Cinco había acertado, pensó Abby, al predecir que Gray acabaría marchándose de Texas para estar con su tribu. ¿No acababa de decir que se alejaría con los ponis en cuanto ahorrara dinero suficiente?

—La historia de los ponis y el *nemene* está relacionada —continuó Gray—. Es voluntad de mis antepasados que cuide de ellos y los multiplique, devolviéndolos a su entorno natural.

—Supongo que lo entiendo —comentó Abby—. Sé lo que es querer tanto a un caballo como para convertirse en lo más importante de tu vida. Ayudar a parir a una yegua. Que un caballo sea tu único compañero día y noche. Hasta ver a un caballo dar su vida por ti.

Iba a lomos de Patsy de nuevo y recordó los esfuerzos extraordinarios que la yegua había hecho para subir a Gray por el barranco. Abby extendió el brazo y acarició las crines del animal.

—Entiendes en parte —Gray asintió con la cabeza—. Suficiente para saber que no puedo luchar en contra de lo que soy. Debo asegurarme de que los ponis quedan en libertad. Debo cumplir con mi legado.

Habían llegado a la puerta que dividía el Rancho Gentry de las tierras de Joe Skaggs. Gray se adelantó para guiar a Abby por el rancho de su padrastro. Luego avanzaron en silencio, cada uno sumido en sus pensamientos, en su propio pasado.

Cuando aminoró el paso un poco después, Abby vio una casa con techo de paja y paredes de piel de vaca. No tenía ventanas, pero sí un conducto que podía estar unido al horno de una cocina.

–Mi casa –anunció Gray.

–Entramos, ¿verdad? –preguntó Abby, ansiosa por ver de qué estaba hecho el interior.

–Sí –Gray descabalgó–. Necesitas descansar.

Su proteccionismo la irritó un poco. Ya sabría ella lo que necesitaba su cuerpo. No hacía falta que le dijeran qué hacer cada dos por tres.

Pero tras apearse y acercarse a ella, su irritación se transformó en admiración. Su complexión relajada, a pesar de tener la espalda recta y firme, le daban un aire especial, como si su cuerpo fuera fruto de la tierra y todavía perteneciera a la naturaleza.

¿Cómo podía disgustarse con una persona tan fascinante? Era bello, fuerte, leal... y amaba los caballos. Lástima que no entendiera el amor y la necesidad de ella por la tierra. Lástima que no fuese a quedarse en Texas para seguir admirándolo durante los siguientes veinte o treinta años.

Gray no estaba muy seguro sobre si debía llevar a Abby a su casa, tan retirada del rancho. Pero cumplió con los consejos de Cinco y la mantuvo alejada de los refugios habituales de los Gentry. El hermano de Abby le había hecho prometer que la llevaría a lugares que esta no frecuentase para despistar a cualquier posible agresor.

Miró a Abby mientras levantaba la pierna sobre el caballo, dispuesta a descabalgar como siempre. Pero vaciló a mitad de movimiento y puso una mueca de dolor.

—Espera, te ayudo a bajar —se ofreció Gray. La expresión de Abby lo dijo todo. Estaba enfadada con su cuerpo por haberla traicionado de esa forma. Pero la ayudaría por más que se resistiese—. Sigue sentada un poco hasta que se te pase el dolor —añadió mientras se situaba junto a la yegua.

Luego empezó a hablar con suavidad, con el mismo tono acariciador que habría utilizado con un caballo herido. Abby lo fulminó con la mirada y Gray contuvo las ganas de sonreír por el carácter que esta tenía. Por fin le tendió una mano para que se apoyara en él al bajar.

—Concéntrate en la respiración. Tus pulmones expulsarán el dolor si les dejas hacer tu trabajo –le recomendó Gray–. Cierra los ojos y visualiza el aire entrando y saliendo de tu cuerpo.

Abby obedeció y Gray la miró en busca de algún rastro de dolor. Pero en vez de prestar atención a posibles arrugas de tensión en la frente, se encontró contemplando sus pestañas, flotando suavemente sobre las mejillas pecosas. Quiso acariciarle esas mejillas. Quiso besarle los párpados, el mentón... hasta la cicatriz que afeaba sus facciones.

De pronto, no quería aliviarla. Quería que Abby ardiera en deseo... llevarla al éxtasis.

Parpadeó con fuerza y se recordó en silencio que solo debía ocuparse de satisfacer las necesidades de ella. Abby estaba enfrentándose a sus dolores con valentía y lo necesitaba a su lado.

Por suerte, ella no era consciente de las necesidades de Gray. Estaba con los ojos cerrados, de modo que no podía haberlo visto. Los ejercicios de relajación parecían haber surtido efecto.

–Ahora relaja los músculos. Empieza con los dedos de los pies. Siente cómo se va la tensión mientras te concentras en aflojarlos

–dijo y notó que los hombros de Abby se relajaban–. Bien. Ahora las rodillas y los muslos. Aflójalos. Necesitan descansar... Ahora el torso. Sigue respirando. Voy a pasarte un brazo por la cintura y te voy a levantar, no te preocupes. Dales un respiro a tus músculos. Deja que también ellos tomen aire... Excelente. Y ahora sigue tranquila unos segundos –añadió tras rodearla, elevarla de la montura y llevársela con suavidad contra el pecho.

Pero una vez allí, descubrió que no quería soltarla. Era ligera como una nube, suave como la niebla del amanecer. La tenía pegada al corazón y allí justo quería que siguiese estando.

Abby se tensó entre sus brazos y abrió los ojos. Al parecer, se había dado cuenta de que estaba esperando más de la cuenta para bajarla.

–¿Gray?

Este la posó con delicadeza en el suelo.

–Sigue respirando, relájate.

Gray pensó que podría aplicarse el mismo consejo... si conseguía que el corazón volviera a latirle. Hacía mucho que no necesitaba a una mujer y jamás había deseado a ninguna como cuando estaba cerca de Abby. Esa extraña desesperación por ella empezaba a resultar una carga. Le impedía cumplir con su deber.

Abby la miró con esos ojos verdes tan sinceros. Parecía sorprendida. Era evidente que le había transmitido su pasión. No lo había pretendido, pero daba la sensación de que los dos pisaban sobre terreno resbaladizo.

—Gracias... por el consejo... y por bajarme —se oyó balbucear Abby.

¿Qué le pasaba? Por un momento había pensado que Gray volvería a besarla. Que él también deseaba lo que su cuerpo parecía anhelar. Pero, de pronto, estaba tan serio que no podía estar segura. ¿Se lo habría imaginado todo?

Abby sabía que no tenía experiencia con los hombres en aquel terreno. Tampoco había creído que fuera a tenerla nunca. Pero aunque no podía afirmar si Gray la deseaba, sí sabía lo que le estaba pasando a ella.

Quería sentir su piel contra las yemas de sus dedos. Quería acurrucarse entre los brazos de Gray y dejarlo que la abrazase contra el corazón. Nunca había querido a un hombre, pero estaba loca por ese.

La cuestión era que no podía estar segura de si él quería lo mismo que ella.

Lamentó tener tan poca experiencia.

–Vamos dentro a resguardarnos del sol –dijo Gray con un tono ronco que Abby no supo cómo interpretar.

Levantó una tira de cuero y descubrió un arco enorme que conducía al interior de la cabaña. Los ojos de Abby se estaban ajustando a la oscuridad cuando descubrieron que, más adentro, una fuente de luz procedente del tejado iluminaba el final de la sala.

–Quítate las botas –le dijo Gray mientras se despojaba de las suyas–. ¿Necesitas que te ayude?

–Puedo arreglármelas –Abby se las sacó y las dejó a la entrada.

Luego volvió junto a Gray y entraron. Nada más cruzar el umbral notó un cambio en el ambiente. Intentó recordar lo que le había dicho y respiró hondo. Llenó los pulmones de olor a cuero y a algo parecido a humo de fogata y se relajó de inmediato.

De alguna manera, se sintió como si estuviera en casa.

De pie sobre un suelo cubierto de pieles, advirtió que la única habitación que había parecía más grande de lo que en realidad era. Por otra parte, no parecía excesivamente grande. De hecho, al cerrar los ojos tuvo la sensación de encontrarse en una cuna suave que le mecía los músculos confortablemente.

Cuando los abrió, vio que Gray había puesto una mesa y dos sillas junto a un fogón viejo. En un extremo había un camastro lleno de pieles y, en la otra esquina, una caja abierta con agua, comida enlatada y otros artículos de necesidad.

–Parece muy acogedor –dijo con sinceridad.

–Se ajusta a mis necesidades –comentó orgulloso.

–¿Lo has construido tú todo? –preguntó Abby y Gray asintió con la cabeza al tiempo que la instaba a tomar asiento–. Estoy impresionada –añadió mientras ocupaba una de las sillas.

–Mientras estudiaba en la universidad, pasé un par de veranos ayudando a los miembros de una tribu a construir casas para sus vecinos más pobres –comentó él–. Esta caseta fue fácil después de aquella experiencia. De hecho, estoy pensando en hacerle la fontanería. Podría traer el agua del manantial que hay ahí cerca.

–Hablando de agua –Abby se pasó la lengua por los labios–, me vendría bien un trago.

–Espera, princesita. Ahora mismo te traigo un poco –Gray salió de la caseta y regresó segundos después con la cantimplora y la bolsa con el picnic que Lupe les había preparado–. Olvidaba que el cuerpo también necesita comida y agua para sanar.

Sí, se le había olvidado porque tenía el cerebro ocupado contemplando el cuerpo de Abby. Los músculos de sus muslos y su trasero redondeado, tan ceñido a los vaqueros, habían echado por tierra sus buenos propósitos.

Abby sonrió y dio un sorbo de la cantimplora. Al cabo de un par de tragos, se la devolvió. Unas gotas quedaron en sus labios. Gray agarró la cantimplora con las dos manos para no secárselas con el pulgar.

–A ver –murmuró mientras retiraba la vista de sus tentadores labios–, deja que saque los sándwiches y la fruta que hemos traído. Luego bajaré al manantial por agua. Te sorprendería lo limpia y fresca que sale.

Se aseguró de que comiera unos bocados del sándwich vegetal y todavía permaneció un minuto más para cerciorarse de que estaba todo al alcance de Abby. Una vez satisfecho, se excusó, agarró el cubo y bajó al manantial.

Una vez afuera, respiró profundo para

despejar la cabeza. Necesitaba encontrar alguna forma de mantener las distancias con Abby.

Esta se había entregado a él encomendándole su seguridad durante los siguientes meses. Pero no creía que eso tuviese que incluir necesariamente poner las manos sobre su cuerpo tal como deseaba.

Gray cubrió el pequeño viaje hasta la orilla rocosa del manantial. La sombra de los robles hacía del camino un recorrido fresco y agradable. Se agachó a llenar el cubo y decidió que llevaría a Abby a aquel sitio para que disfrutara de la magnanimidad del Gran Espíritu en un día tan maravilloso.

Antes de incorporarse sintió un viento cálido en la nuca que le erizó los cabellos y le produjo un escalofrío por la espalda. Había alguien cerca y, fuese quien fuese, no sintonizaba con las criaturas de la naturaleza.

Dejó el cubo con sigilo y se agachó mientras se ocultaba tras un seto. Sentado, totalmente inmóvil, Gray exploró los alrededores en busca de lo que lo había alertado. No se movía nada salvo las sombras de las hojas, mecidas por el viento en las ramas de los árboles.

La brisa le ahuecó la camisa e hizo revolar un par de hojas caídas. De pronto le llegó un olor extraño. Un hombre. Alguien se escondía, probablemente cerca de la caseta, quizá esperando el momento de dar el siguiente paso.

Gray avanzó entre los árboles, aguzando ojos y oídos con cada movimiento. Mientras se acercaba a un extremo de la caseta, el sol le permitió ver un destello metálico procedente de un grupo de sauces cercano.

Siguió pegado al suelo, reptando recto hacia su presa. No le costó descubrir dónde había estado escondida... pero había desaparecido. Estaba a cierta distancia de la caseta y supuso que lo que había visto destellear serían unos prismáticos. Quienquiera que estuviese por ahí se había marchado a toda velocidad.

Gray encontró unas huellas de caballo bajo el sauce más retirado de los que formaban el grupo. Ninguno de sus ponis tenía herradura, por supuesto, de modo que tenía que tratarse de un caballo de un hombre blanco.

Levantó la cabeza y olfateó el aire para averiguar en qué dirección había huido. Sí, no cabía duda de que se trataba de un hombre blanco. Y uno con muy poquito sentido de la higiene, a juzgar por el olor que le llegó.

Siguió las huellas del caballo durante un minuto, rodeó la caseta y se aseguró de que el intruso se había dado a la fuga. Quería seguir las huellas. No podía sentarse, cruzarse de brazos y esperar a que los atacaran. Pero antes tenía que comprobar que Abby estaba bien.

Gray recogió el cubo de agua y entró en la caseta. Nada más hacerlo, vio a Abby sobre la mesa, todavía sentada en la silla, con la cabeza sobre los brazos doblados. No le hizo falta mirar dos veces para saber que se había dormido. Debía de estar agotada tras el viaje desde el Rancho Gentry.

Colocó varias pieles sobre el suelo en una esquina fresca. Luego la levantó de la silla con cuidado y esperó poder ponerla en una postura mejor sin despertarla.

Cuando Abby se estiró y murmuró en sus brazos, Gray sintió una punzada de deseo. Le bastaba tocarla para disparar sus instintos más básicos.

—Tranquila, corazón. Necesitas dormir —le susurró al tiempo que la posaba en el suelo.

Luego la cubrió con las pieles y retrocedió un paso para asegurarse de que seguía dormida. Abby movió un poco la cabeza, pero después se quedó quieta. Gray tuvo ganas de despertarla por completo usando nada más que la boca y la lengua. Estaba deseando tumbarse a su lado. Pero se obligó a contenerse y salió al sol del mediodía.

Tenía que hacer algo. Abby parecía estar bien, pero a la larga era vulnerable. Y él no estaba acostumbrado a esconderse: era el cazador, no la presa. Se acercó a hablar con Nube Tormentosa, que había estado paciendo junto a un ligero terraplén.

—Ve y cuida de ella —le pidió al poni—. No me alejaré tanto como para no oírte si me llamas.

Nube Tormentosa obedeció y caminó hasta la entrada de la caseta. A Gray no le preocupaban los intrusos. Examinaría cada matorral y cada hoja en un radio de cien metros a la redonda hasta dar con las huellas de quien los seguía. Le preocupaba mucho más mantenerla a salvo de su propia lujuria.

Se calzó los mocasines que había heredado del abuelo de su abuelo y se dispuso a inspeccionar cualquier rastro posible. Esperaba que se hubiera parado a descansar o beber algo para poder darle alcance.

Quería desenmascarar al tipo aquel y terminar con las asechanzas a Abby. Y su forma de defenderse era hacer frente al problema. Después, Abby y él podrían seguir adelante con sus vidas y poner fin a aquel noviazgo de pega.

De lo que no estaba tan seguro era de si podría dejar él de seguirla... O de dónde acabarían si no lo hacía.

Capítulo Ocho

Abby luchaba, tratando de vencer aquel torbellino de imágenes alocadas. Debía de haberse quedado dormida y aquello era una pesadilla. Lo curioso era que, aun sabiendo que era un sueño, no conseguía despertar ni desvanecer el humo.

Gray estaba cerca. Lo había visto un instante, aunque en ese momento no lo localizaba. Empezó a sentirse desesperada mientras lo buscaba. Sabía que estaba en apuros, pero no podía hacer nada por él.

—Queremos hablar contigo, elegida.

Había oído aquella voz extraña y profunda, pero no podía precisar de dónde provenía. Se le hizo un nudo en la garganta, estaba asustada. Pero sacó fuerzas de flaqueza y mantuvo la compostura.

—¿Dónde está Gray?, ¿está herido? —preguntó.

—El hijo de nuestros hijos te necesita, hija.

Sonaba como si un antiguo guerrero indio le estuviera hablando, pero Abby no entendía por qué la llamaba hija. Por otra parte... había dicho que Gray la necesitaba y eso era lo que importaba. ¿Qué demonios le estaba ocurriendo? Abby tembló, procuró mantener la calma.

–¿Dónde está Gray? –preguntó frustrada–. Quiero ayudarlo. Déjame ir con él.

Más sonidos, la melodía de una flauta envolvía el aire. Una nueva voz, muy parecida a la de la abuela de Abby, le susurró:

–Tranquila, hija. Volverá contigo cuando llegue el momento. Nosotros, el pueblo, hemos venido a avisarte, a darte valor y consejo. Un intruso te preocupa.

–No estoy preocupada –interrumpió Abby–. Todos están preocupados menos yo. Puedo cuidar de mí sola –añadió alzando la barbilla.

–No eres tú la que está en peligro, elegida. Nuestro hijo no es consciente de que una serpiente espera agazapada, lista para saltar a su espalda.

–¿Otra vez? Si te refieres a Gray, ya le mordió una cascabel.

–Esta serpiente es peor que cualquier otra. No cascabelea, no avisa. Ataca por sorpresa. No ataca para protegerse, sino por codicia.

–¿Quieres decir que alguien... quiere

matar a Gray? ¿Yo no soy el objetivo? —Abby sintió como si un guante de hilo le estrujara el corazón.

—Nuestra hija solo está en peligro por hallarse cerca. No te engañes.

—Dios, tengo que ayudarlo. Tengo que encontrarlo.

—Estará contigo pronto. Una cosa más, elegida.

Necesitaba encontrar a Gray, contarle lo que había soñado. Seguro que se trataba de un sueño. Pero insistiría en que se replantearan la cuestión de quién debía esconderse. Antes de que le ocurriese algo terrible.

Rezó para que no fuese demasiado tarde.

—Escucha tu corazón, hija —prosiguió la voz—. Serás la madre de nuestras hijas, la renovación de nuestros hijos gloriosos en las tierras ancestrales. Encuentra tu espíritu. Se unirá al nuestro a su debido tiempo. La búsqueda y la visión están en tu corazón.

Un tamborileo suave empezó a retumbar por el cuerpo de Abby. Era como si la niebla respirase, se filtrara en su interior y envolviese su alma.

Abby sintió pánico, trató de escapar de sus garras. Gray... Tenía que encontrar a Gray.

Cansado, pero satisfecho tras convencerse de que el agresor se había marchado, Gray regresó a la caseta al cabo de veinte minutos. Nube Tormentosa seguía vigilando la entrada. El poni estaba bajo la sombra de un árbol, tranquilo, mordisqueando un poco de césped.

—Gracias, amigo. Te relevo —le dijo Gray con cariño.

Había seguido las huellas del intruso tanto como se había atrevido a alejarse a pie y lo había sorprendido descubrir que, en vez de dirigirse al Rancho Gray, el jinete había ido directo hacia la casa principal de los Skaggs. Tendría que preguntarle a su padrastro sobre posibles desconocidos que rondaran la zona.

Apenas se había quitado los mocasines cuando oyó a Abby gritar su nombre. Estaba junto a ella antes del siguiente aliento.

Seguía tumbada donde la había dejado, acurrucada entre las pieles en el suelo. Pero parecía sumida en una desagradable pesadilla que la hacía hablar y mover brazos y piernas en toscos aspavientos. Se arrodilló a su lado y la abrazó.

—Abby, estoy aquí —le susurró—. No pasa nada. Estás a salvo.

Abrió los ojos y le rodeó el cuello con ambos brazos.

–Gray, gracias a Dios. Ha sido tan raro... –Abby empezó a darle besos en la curva del cuello–. Creía que no te encontraría a tiempo.

–¿A tiempo de qué?

Se retiró para mirarlo a los ojos, pero siguió abrazándolo.

–De avisarte. He tenido un sueño... una premonición... Había voces lejanas. Las voces decían que eras tú quien está en peligro, no yo. Dijeron... dijeron...

–¿Has tenido un sueño? –interrumpió Gray–. ¿Qué viste?

–Más que ver, oía. Oía cosas. Había voces y flautas, y volví a oler a humo y a oír los tambores. Todo estaba neblinoso.

Respiraba con dificultad, el corazón le martilleaba el pecho.

–Relájate, Abby. Parece que has tenido una visión. ¿Recuerdas que yo tuve una? No tienes por qué preocuparte. No pasa nada. Tranquila.

–No quiero calmarme –insistió ella–. Las voces decían que era a ti a quien quieren matar, Gray, no a mí. Eres tú el que necesita protección. Una voz anciana dijo que había una serpiente esperando a atacarte de nuevo. Se refería a una persona, estoy segura. Dijo que era alguien codicioso, que quería algo tuyo tanto como para matarte.

Gray notaba el pánico de Abby, sabía por la descripción que le había hecho que había tenido una auténtica visión.

—Pero yo no tengo nada aparte de los ponis. Nadie me mataría por ellos, no valen tanto dinero.

—No sé la razón, la anciana no me lo dijo —contestó Abby—. Pero la creo. Eres tú el que corre peligro. Tienes que creerme.

—Te creo, corazón. Pero ahora mismo no puede pasarnos nada. Estamos a salvo de momento. Nube Tormentosa nos avisará si tenemos que preocuparnos de algo —Gray giró la barbilla y le dio un beso bajo la oreja. Abby suspiró, ligeramente aliviada—. Así está mejor. Ahora cuéntame que más te decían las voces de tu visión.

—Nada. Te he dicho todo lo que recuerdo.

Gray notó que estaba mintiendo, pero decidió no presionarla. Quizá la anciana de la visión de Abby había predicho su muerte. En tal caso, Gray no quería saberlo.

De modo que se centró en Abby. Pero antes de pedirle una vez más que se relajara, descubrió que su mano ya estaba calmándola, enredándose en los rizos sedosos de su cabello. La sensación le resultó más sensual que relajante.

El aire que flotaba en la caseta cambió de golpe. No sabía cuándo, cómo ni por qué, pero una pasión repentina lo arrolló.

La besó de nuevo bajo la oreja, pero esa vez dejó los labios para humedecerle el lóbulo. Abby emitió un pequeño gemido, se le aceleró el corazón para acompasarse al ritmo que llevaba el de Gray. Los pezones se le irguieron contra su torso.

–Abby, te deseo –murmuró él.

Ella no se alejó, le acarició la nuca, el cabello, suspiró.

–Hace tanto que quiero tocarte –dijo ella–. Desde la primera vez que te vi.

El entusiasmo de Abby lo hizo olvidarse de todas las razones por las que no debía hacer aquello. Jadeó cuando su mano, por propia iniciativa, se estiró para rozar la línea delicada de su barbilla. Tragó saliva, se apartó un segundo para mirarla a los ojos y se sintió impelido a seguir adelante.

Una vocecilla le decía desde algún rincón de la cabeza que Abby sería la última mujer con la que se acostaría. Quizá se debiera a la posibilidad de sufrir una muerte inminente. O quizá la deseaba con tal intensidad que el sentido común lo había abandonado por completo.

Paseó los dedos sobre los labios de Abby, se recreó en su suavidad. Abby cerró los ojos y emitió un débil sonido gutural. Un sonido que estremeció y despertó al mismo tiempo su ofuscado cerebro.

A pesar de que Abby había cerrado los ojos, Gray vio su vulnerabilidad, su deseo. Había intentado disimular que se sentía atraída hacia él, pero a esas alturas la conocía demasiado. Pero, ¿por qué se había ocultado? Él no era un cazador, ella no era su presa. ¿De qué tenía miedo?, ¿de la pasión de él?, ¿o de la suya propia?

—No deberíamos hacer esto —susurró sin convencimiento—. No estaremos juntos eternamente. No está en mi visión.

—Pero... mi visión... —arrancó Abby, pero se detuvo antes de revelar el resto del contenido—. Te deseo tanto como tú a mí.

Se inclinó para rozarle los labios, pero nada más posarse sobre su boca perdió el control, la agarró y tuvo que darle un beso profundo, lleno de urgencia y promesas.

Abby respondió emitiendo pequeños sonidos y deslizando las manos por sus hombros, por los brazos, el pecho. Gray seguía presionando, pidiéndole que separara los labios.

Cuando por fin abrió la boca, introdujo la lengua para enlazarla a la de ella. Era como si estuviesen hechas la una para la otra. Lengua con lengua. Y labios con labios. Besos con besos.

Respiró profundo el aroma de su propio cuerpo y olió a tierra fresca y deseo salvaje y primitivo. El corazón no paraba de golpearle contra las costillas, había perdido el juicio, estaba insoportablemente excitado. Pero intentó retirarse una vez más:

—No podemos hacer esto, Abby. No tengo preservativos.

—Gray... por favor —Abby sonrió y lo empujó hacia abajo contra su cuerpo.

Se rindió. Gray se abandonó a sus besos. Quizá fuese la única vez que estuviese junto a Abby, así que la disfrutaría al máximo. No pensaría en el futuro ni en el *nemene*. Solo en Abby.

Mientras le mordisqueaba los labios, le recorrió la espalda con las manos de arriba abajo. Le sacó la camisa de los pantalones. Antes de darse cuenta, estaba tocando la piel desnuda de su talle.

Reprimiendo el deseo de precipitarse, Gray se obligó a ir despacio. Quería saborear todo lo que pudiese ofrecerle esa maravillosa mujer. Después de todo, ella también había tenido una visión, lo que la hacía más mágica que nunca.

Pero ya antes la había considerado especial. Lo excitaba su fortaleza. Y su delicadeza lo arrebataba como no había creído que fuese posible.

—Quiero verte entera —susurró con voz ronca.

Abby sonrió y echó el cuerpo hacia atrás, como ofreciéndose. Gray la miró y comprendió que ella también quería verlo. Notó que la sangre le vibraba por las venas, pero se forzó a actuar con paciencia.

Abby empezó a desabrocharle la camisa al tiempo que él le desabotonaba la de ella. Era demasiado. Gray se sacó la camisa de los pantalones y se la quitó por encima de la cabeza en un ágil movimiento. Al diablo con los botones.

Los ojos de Abby se desorbitaron. No supo si su brusquedad la había asustado o si estaba admirando su torso. En cualquier caso, supo que tendría que ir más lento al desnudarla a ella.

Volvió por los botones de la camisa de Abby. Cuando sus nudillos le rozaron la base del cuello, la notó temblar, expectante. Hizo una pausa y se tomó un segundo adrede para respirar.

Abby puso las manos sobre los muslos de él, lo contempló a la luz de la tarde, que se filtraba por el techo de la caseta. Gray permaneció quieto mientras ella lo radiografiaba desde la coronilla hasta la cintura. Se tomó su tiempo en la exploración y al detener los ojos en las cicatrices del abdomen, Gray descubrió que le temblaban las manos.

De pronto, Abby sonrió. Cambió el peso del cuerpo y se adueñó de la situación. Se desabrochó los botones y se deshizo de la camisa en un abrir y cerrar de ojos.

El sencillo sujetador blanco que llevaba apenas ocultaba sus pezones erectos. Gray estiró los brazos para acariciar la piel sensible que bordeaba el sujetador y notó las manos más firmes.

Abby levantó los ojos con timidez, pero lo miró directamente a los ojos, como instándolo a que siguiera. Gray se repitió una vez más que debía ir despacio para que su único encuentro durase algo más que unos pocos minutos.

Con movimientos lentos y delicados, paseó los dedos por los tirantes del sujetador y los bajó, primero uno, luego el otro, hombros abajo. Luego abrió el enganche de la espalda y dejó que el sujetador le cayera a la cintura.

Abby bajó los párpados, se ruborizó. Pero permaneció quieta y le dejó que la mirara. Gray se extasió con los montes firmes de sus pechos, sus brazos delgados y fibrosos, las cumbres rosadas de los pezones.

—Eres preciosa —murmuró.

Abby negó con la cabeza y la giró como tratando de ocultarse.

—No, me había olvidado de las cicatrices. No me mires.

Sus palabras ralentizaron el pulso de Gray, el cual le agarró las muñecas con suavidad.

—Eres increíble. No te apartes de mi vista. La mayoría de las marcas son pequeñas. Además, no son marcas lo que veo cuando te miro —dijo él. Abby parecía indecisa. Gray quería devolverle la pasión a los ojos. Le tomó una mano y se la puso encima del abdomen—. Mira mis cicatrices. Siéntelas. No son feas, ¿verdad?

Abby negó con la cabeza, pero mantuvo los ojos fijos en el estómago.

—Parece que siguieran un patrón —comentó con voz ronca.

Un sonido sexy que reavivó la llama de su deseo. Gray apretó los dientes antes de responder:

–Lo siguen. El águila de cola roja es mi... como mi amuleto de la suerte. Vuela cerca del sol, allá donde yo no llego, y yo paseo sobre la tierra, donde ella no se atreve a posarse. Somos complementarios –explicó Gray. Luego agarró un dedo de Abby y lo pasó por las marcas en forma de pluma que rasgaban su abdomen–. Aquí, siente el aleteo de las alas en mi interior.

Abby gimió, pero cuando Gray le soltó la mano siguió jugando con los dedos sobre la piel herida. Fue su turno de gemir.

Era evidente que se había olvidado de toda timidez mientras le acariciaba las marcas. Así que se dio permiso para contemplarla. Jamás había visto a una mujer tan bella.

La piel cremosa de sus pechos dio paso a un sofoco sonrosado. La luz naranja del atardecer iluminaba lo suficiente para apreciar en ella todos los tonos de la pasión. Cuanto más la miraba, más se le enrojecían los pezones.

Se le hacía la boca agua, así que le acarició los costados. Subió las manos hasta elevarle los pechos y se inclinó para introducirse un pezón en la boca.

Cuando se lo lamió, Abby retrocedió un poco, pero en seguida se arqueó para ofrecerse mejor. Y Gray no desperdició la ocasión.

Al principio había creído que sus pechos eran pequeños, pero en ese momento lo maravillaba lo redondos y firmes que parecían en sus manos. Se ajustaban a sus palmas a la perfección y todavía eran más sabrosos si se los metía en la boca.

Abby gemía, ronroneaba cada vez que sentía su lengua sobre los pezones. Tenía que durar. Tenía que hacerla disfrutar, se recordó Gray.

Volvió a chuparla, luego se retiró y sopló sobre la piel sensible. Sabía a miel y a vino, dulce y agria.

Le dio un nuevo mordisquito. No, más bien sabía a salvia y lluvia. A tierra, sal y sexo.

Sustituyó la boca por los dedos y le frotó los pezones mientras posaba los labios en la columna delicada de su cuello. Luego buscó su boca, la encontró. Le pasó una uña por un pezón y Abby entreabrió los labios, jadeó excitada.

Gray los mordisqueó, luego introdujo la lengua entre los labios para continuar con el banquete. Abby le agarró los hombros, le clavó las uñas en la piel. Estaba tan excitado que creyó que le explotaría la cremallera.

Con desquiciante lentitud, despojó a ambos de las ropas que todavía llevaban puestas. Primero se quitó los vaqueros y al echar mano a los de Abby, esta alzó las caderas para ayudarlo.

Ese pequeño movimiento, muestra de la entrega de ella, acabó con su resolución. Hacía demasiado que no estaba con una mujer. El animal que llevaba dentro rugía hambriento y la paciencia que había demostrado hasta ese momento desapareció de repente.

Le agarró las dos muñecas con una mano, las levantó por encima de la cabeza y la tumbó boca arriba. Introdujo una pierna entre los muslos de ella y se agachó a saborear sus pechos de nuevo.

Luego bajó, lamió la piel inferior de sus senos, tan dulce, y siguió descendiendo hasta el ombligo. Metió la lengua con gula, la hundió, salió y continuó bajando.

Cada vez tenía más hambre. Le soltó las muñecas y le rozó los pezones. Abby gimió, se frotó contra las yemas de sus dedos. Mientras tanto, Gray había empezado a saborear el borde de sus braguitas de algodón, deleitándose en aquel festín de lujuria.

Más. Necesitaba más. Colocó la mano en la cara interior de su muslo, la encontró caliente, y siguió lamiéndola despacio a través de las braguitas hasta llegar al punto más erógeno.

La notó temblar. Saboreó la humedad que la impregnaba y oyó sus gemidos de placer. Abby le acarició el pelo, agarrando puñados de cabello, al tiempo que tiraba de sus hombros, pidiéndole que subiese de nuevo.

Lo hizo, y Abby le besó los labios con furia, jadeando, entregándose a fondo. Se retorció, gimió, sonaba tan desesperada como él mismo se sentía. Algo salvaje y liberador se había apoderado de sus cuerpos. Las sensaciones eran mágicas, celestiales, escapaban a cualquier visión.

Le tiró de las bragas y se sentó para sacárselas bajo los tobillos. Al girarse para sentarse a horcajadas sobre ella, la sorprendió mirando su erección con reverencia.

Se paró, la dejó que lo admirara. Y Abby estiró una mano hacia él. Despacio, como pidiendo permiso, utilizó el índice para frotarle la punta. Se humedeció al contacto con el dedo, lo que la animó y excitó a partes iguales. Volvió a frotarlo, bajando por un lado y luego por el otro, obligándolo a morderse la lengua para mantenerse quieto.

Su cara expresaba una mezcla de placer y

fascinación. Una alarma débil le recordó que se lo tomara con calma, que nunca había visto a un hombre desnudo. Pero su cuerpo le pedía ir más deprisa.

Cuando puso un dedo en su punta y luego se llevó el dedo a la boca para saborearlo, Gray perdió la cabeza.

Emitió un gruñido en respuesta a la llamada animal de apareamiento que los arrastraba. Vio sus ojos encandilados de pasión mientras notaba sus caderas arrimarse a la erección.

Desesperado, Gray le levantó el trasero con una mano, se situó, se introdujo en la acogedora caverna de entre sus muslos. Abby separó las rodillas. Gray le dio la mano y se apoyó sobre un codo.

Mientras entraba en su cálida humedad, un placer feroz le desgarró la garganta. Esperó a que el cuerpo de Abby se adaptara al suyo, luego se metió un poco más. La notó tensa, una resistencia que lo confundió apenas un segundo. Luego lo comprendió.

–Eres virgen –dijo y reunió fuerzas para la retirada.

–No, por favor –Abby le agarró los hombros–. Gray, no te vayas ahora. Te deseo.

Se quedó quieto, sin saber en qué dirección ir. Luego la miró a los ojos. Ya fueran imaginaciones suyas o puro deseo, no estaba seguro, vio los ojos de Pia, la Gran Madre, instándolo a seguir sus instintos y deseos.

Abby enlazó las piernas alrededor de su cintura y lo empujó más adentro. Jadeó y, de pronto, el mundo desapareció.

—Por favor —volvió a suplicarle Abby.

Sabía que le estaba rogando por algo que desconocía. Algo que él podía darle, enseñarle. La exigencia carnal se convirtió en una obligación. Era una cuestión de honor introducirla en los placeres entre hombre y mujer.

La levantó contra el pecho, la abrazó con fuerza y empujó hasta el fondo. Sus gemidos se transformaron en sollozos, profundos, guturales. Abby le clavó las uñas en los hombros y Gray volvió a perderse, a olvidarse de todo lo que no fuera urgencia de sus cuerpos.

Le mordió un hombro, lo chupó, le mordisqueó un pezón. Se estaba volviendo loco. Pero Abby seguía a su lado. Se arqueó, echó la cabeza hacia atrás, las caderas hacia arriba.

Luchaba como una gata salvaje, pero era contra la resistencia de su propio cuerpo contra la que batallaba. No sabía cómo acabaría aquello. Él sí.

–Relájate, Abby –dijo Gray–. Deja que entre.

Metió una mano entre los cuerpos y le estimuló el clítoris con el pulgar. Abby contorsionó la espalda hasta alcanzar una curva imposible y gritó. El cuerpo le estalló de placer húmedo y pegajoso.

Gray aumentó el ritmo de sus arremetidas hasta que él también se desbordó. Desde algún lugar lejano, juró oír el graznido del águila. Echó la cabeza atrás y contestó con un grito de liberación.

Y las piezas del universo encajaron. Nada podría tocarlos. No existía un poder tan grande en la tierra como el que había encontrado en brazos de Abby ese día.

Capítulo Nueve

Se desplomó sobre ella. Un segundo después, se giró para no aplastarla y se recostó de lado sin dejar de abrazarla. Abby respiraba con dificultad y trataba de tranquilizarse tal como le había enseñado Gray.

Pero era inútil. Había demasiados pensamientos y sensaciones en convulsión dentro de ella. Quería quedarse allí eternamente, con la piel sudada y pegajosa de Gray rodeándola de por vida.

¿Qué había pasado? Se había sentido embriagada, dopada, achispada, abrumada por un éxtasis de sensualidad. ¿Eso era hacer el amor? Se preguntó por qué no lo habría intentado antes y supuso que jamás se le habría ocurrido que fuese posible que dos cuerpos llegaran a fundirse con tanta intimidad.

Abby no podía guardarse lo que sentía para ella, tenía que compartirlo con Gray.

–¡Ha sido fantástico! –exclamó todavía sin aliento, justo antes de echarse a reír.

Al principio no respondió, se limitó a

inclinar la cabeza y darle un beso en el pelo. Luego fue hacia la frente y, después, con una ternura desarmante, le besó la cicatriz de la mejilla.

–Hemos... he... no debería haber sido tan brusco. ¿Estás bien? –susurró Gray. Se incorporó y se apoyó sobre un codo para poder mirarla a los ojos.

¿Estaba bien? Abby intentó concentrarse, pero el cuerpo seguía vibrándole. Había temido que sus dolores empeoraran después de aquello, pero la realidad era toda la contraria. Algunas partes del cuerpo se le habían adormilado y otras parecían ligeras y revitalizadas.

–Estoy un poco confusa, pero... no me duele nada –murmuró–. Además, no has sido más brusco que yo.

Levantó una mano y rodeó el perímetro de sus labios. La encantaba el simple hecho de poder acariciar la boca de Gray.

De pronto, los ojos de este pasaron de un brillo suave y perdido a otro oscuro y sensual. Una mirada negra, peligrosa, atribulada. Era como si Gray estuviese librando una batalla interior. Este movió su poderoso cuerpo, la besó y libó de sus labios todo lo que parecía estar buscando.

Arqueó las caderas con fuerza y Abby se

dio cuenta de que sus cuerpos seguían unidos. Más aun, al parecer, Gray no había terminado con sus lecciones. Una vez más, sintió una corriente de placer recorrer cada centímetro de su cuerpo.

–Me he vuelto loco de deseo... Sé que esto está mal. Luego te dolerá –gruñó y Abby respondió levantando las caderas hacia sus ingles–. No tenemos preservativos. Y sigo sin poder comprometerme contigo. Esto no puede volver a pasar.

Pero ella tenía más poder. Y quería más.

Ese era el secreto, comprendió Abby. Una mujer tenía poder suficiente para hacer que cualquier hombre hiciese lo que ella quisiera. Abby posó los labios sobre el torso de Gray y le lamió las tetillas. Este se puso duro dentro de ella, tembló sobre su estómago.

Esa vez fueron despacio. Mantuvieron los cuerpos unidos mientras permanecían tumbados de lado. Entró y salió seductoramente hasta hacerla suplicar.

Entonces le dio un pellizquito a un pezón, agachó la cabeza para chuparle el cuello, la oyó jadear, gritar, sollozar palabras que no tenían sentido.

La respiración de Gray también se entrecortó. El cuerpo entero de Abby se había encendido y esa vez sí sabía que estaba a punto de traspasar el umbral del mundo.

Justo cuando empezó a oír el trueno, Gray se retiró. Acto seguido le introdujo dos dedos dentro de ella y le estimuló el punto más sensible con el pulgar. Se hizo hueco para introducirse de nuevo y, por fin, estallaron juntos en una explosión de gritos extáticos en medio del silencio del atardecer. Abby sintió que la cabeza se le vaciaba y sintió a Gray derramar su semilla en su interior.

Cuando finalizaron los espasmos, mientras yacían saciados y sudorosos, se envolvieron en un intenso abrazo. Luego, a medida que iba recuperando los sentidos, Abby se giró, tratando de encontrar más sitio para respirar.

–¿Estás bien? –le preguntó ella mientras le acariciaba la mejilla como había hecho Gray antes.

Al verlo sonreír, el corazón le dio un vuelco.

–Estoy más que bien –contestó justo antes de darle un beso en la punta de la nariz. Luego deslizó una mano por su cuello, entre los pechos, brazo abajo–. Tienes un cuerpo estupendo. Unos músculos fibrosos, sexys... magníficos –añadió mientras descendía hacia sus muslos, para aprendérsela de memoria.

–Y tú... eres más... más grande de lo que... –Abby se ruborizó. Allí tumbada, después de lo que habían hecho juntos, las mejillas volvieron a encarnársele.

–¿Por qué no me lo habías dicho? –preguntó él.

–¿Qué? Ah, ¿te refieres a lo de ser virgen? –Abby se encogió de hombros–. No era importante. Además, en realidad no tenía intención de... hacer lo que hemos hecho. No sabía... ¿Siempre es tan espectacular? –preguntó, todavía maravillada.

–No... a mí nunca me había pasado nada igual –aseguró Gray con seriedad.

De pronto, se estaba retirando emocionalmente de ella. Lo notó. Maldita fuera. No quería que aquello terminase tan rápido.

Gray se apartó y se sentó sobre las pieles del suelo.

–Abby, escúchame. No debería haber hecho esto. Pero he perdido la cabeza por ti. Es ilógico, sobre todo cuando tengo otros compromisos que cumplir.

–¿Qué compromisos?, ¿estás prometido a alguna otra mujer y no te has molestado en decírmelo?

–Todavía no –Gray la miró a los ojos con expresión sombría–. Pero me debo al *nemene*. Me casaré con la mujer que los mayores me elijan. Sé que esa mujer debe tener la sangre de mis antepasados para poder dar hijos a la tribu. Es nuestra cultura.

Abby sintió una mezcla de rabia y despecho.

–¡Ya! ¿Pero acaso te he pedido algún compromiso? –contestó. Sabía que sonaba infantil, pero no podía evitarlo–. Solo te he pedido que finjas que estamos prometidos. Además, tampoco ha sido para tanto. En realidad estaba exagerando. Si no es para espantar a los vaqueros, jamás se me habría ocurrido prometerme a alguien como tú.

Gray se movió con velocidad, la agarró por los hombros.

–No soy suficientemente bueno para la heredera del Rancho Gentry, ¿no es eso?

–¡No seas ridículo! No me refería a eso en absoluto –contestó Abby, cuya rabia parecía haberse disipado en parte al ver la de él–. Me refiero a que no podríamos arreglarnos, dado que tú no quieres quedarte en este condado y yo no me imagino viviendo en ninguna otra parte... Suéltame –añadió con calma cuando se dio cuenta de que Gray seguía sujetándola.

Gray se miró las manos y las quitó como si se estuviese quemando.

–No quería hacerte daño –se disculpó–. Nunca he querido hacerte daño –repitió con suavidad.

–No me lo has hecho –mintió–. Estoy bien.

Abby se puso el sujetador, que seguía alrededor de su cintura. Luego agarró la camisa, metió los brazos en las mangas y empezó a abrocharla.

–Tenemos que hablar de qué hacemos a partir de aquí –dijo Gray–. Todavía tenemos que fingir que estamos prometidos y sigue habiendo alguien afuera al que no parece importarle si estás en su camino o no.

Abby se sentía magullada. No físicamente, claro. Aunque sí que le dolían algunos lugares que nunca le habían dolido antes, era su espíritu lo que tenía maltrecho y la confundía. Lo único que parecía conservar era un poco de orgullo.

–Yo también tengo mis compromisos –replicó con sequedad–. Nuestro trato no es unilateral. Los ancianos de mi visión me pidieron que te avisara y te protegiese. Pienso cumplir con mi obligación y salvar tu honorable trasero de comanche. Voy a seguir contigo, Gray. Tal como quedamos. No pienses que vas a librarte de mí –afirmó mientras se ponía los vaqueros y miraba alrededor en busca de las botas.

–Sí, seguiremos adelante con la farsa –Gray echó una mano hacia atrás y le alcanzó las botas–. Ahora que sabemos la verdad, averiguaremos quién está detrás de todo esto. Y... Abby. Todavía te debo la vida. Eso no cambiará nunca. No me apartaré de ti, por eso no temas. Pero no debemos repetir lo que ha pasado hace un rato. Debemos ser amigos y protegernos mutuamente, nada más.

Por supuesto. Cualquier otra cosa sería demasiado peligroso.

–Estoy de acuerdo, Gray. Nada más –convino y terminaron de vestirse en silencio.

Pusieron rumbo hacia el Rancho Gentry justo cuando la primera estrella de la noche iluminó el cielo. Abby pensó en su promesa de proteger a Gray. Este le había salvado la vida y había accedido a hacerse pasar por su prometido. Sabía que debía hacer todo cuanto estuviese en sus manos por protegerlo.

También se hizo multitud de promesas a sí misma. Se juró no volver a perder la cabeza cuando estuviese cerca de él. Esperaba mantenerse firme en ese punto. Y cuando Gray se marchara, no lo echaría de menos. Seguiría adelante con su vida y se convertiría en la mejor capataz de ranchos del mundo.

Prefirió, además, no hacer mucho caso al resto de su visión. Se guardó dentro del corazón la parte que no le había comentado a Gray. Los antepasados debían de haberse equivocado al predecir que ella sería la madre de sus nuevos hijos. Era evidente que ella no era la elegida. Al menos, no para Gray.

—¿Me vas a contar otra vez la historia de la visión? —preguntó Cinco con tono de incredulidad. Se recostó en la silla y esperó.

Gray había adivinado que no sería cosa fácil. Se había pasado toda la noche preocupado mientras trataba de dormir en el sofá del salón principal de los Gentry. Explicarle sus creencias a un hombre blanco de mente poco abierta parecía inútil, pero Abby había insistido en que lo intentaran con su hermano. Gray cruzó los brazos sobre el pecho.

—Eso procuro, si me dejas —contestó ella.

Empezó a dar vueltas delante de la mesa

de Cinco al tiempo que marcaba sus palabras con movimientos vehementes de los brazos. Gray se apoyaba contra una de las paredes del despacho de Cinco, entretenido observándola mientras esperaba a ver la respuesta de su hermano.

Abby le contó las visiones de ambos, así como las explicaciones del abuelo de Gray. Lo hizo bien, pero estaba convencido de que seguía omitiéndole parte de la visión.

Cuando por fin terminó, Cinco se giró hacia él:

–Muy bien, Parker. Supongamos por un momento que me creo el rollo este de las visiones. ¿Qué tienes tú para que alguien pueda querer matarte? Y no me digas que los ponis, porque no es posible.

–Ni idea –Gray se encogió de hombros–. Pero sí sé que ayer por la tarde alguien nos espió mientras estábamos en mi caseta, en las tierras de Skaggs.

Abby se giró hacia él y lo fulminó con la mirada. Sí, supuso que debería haberle contado lo del intruso antes; pero la tarde no había salido tal como había esperado.

–Cuéntame cómo llegaste a adquirir los ponis –le pidió Cinco con calma mientras tamborileaba los dedos sobre la mesa.

Gray le detalló lo mejor que supo todo lo

relacionado con el testamento de su madre y la reacción de su padrastro. Gracias a Dios, los procedimientos jurídicos habían durado poco. Gray no entendía de testamentos ni fideicomisos, pero el juez había desestimado la solicitud de Joe Skaggs según se la había presentado.

–Ajá –murmuró Cinco cuando terminó de ponerlo al corriente–. ¿Te importa si investigo un poco por mi cuenta? Me gustaría conocer algo más sobre los negocios de tu padre y tengo un amigo que podría arrojar un poco de luz sobre este asunto.

–Adelante, si crees que puede servir de algo –Gray se encogió de hombros.

–Estar informado siempre es útil. Cuanta más información tengamos, más fácil será descubrir alguna causa para lo que está pasando –afirmó Cinco. Echó la silla hacia atrás y se levantó–. Mientras tanto, solo por estar seguros, creo que deberíais cambiar de estrategia.

Abby se plantó frente a su hermano con el ceño fruncido.

–Si vas a sugerir que nos separamos, no te molestes, hermanito. Estamos juntos y no hay más que hablar.

–No se me ocurriría separaros, cielo –Cinco sonrió y abarcó a Gray con la mirada–. Pero me extraña que todos vuestros accidentes hayan pasado en el límite entre nuestro rancho y el de Skaggs.

Gray pensó que ese hecho no hacía sino corroborar su teoría:

–O esa, que estás de acuerdo en que el objetivo soy yo –preguntó.

–Está claro que es una posibilidad. No podemos descartarla –Cinco puso una mano sobre el hombro de Abby–. ¿Por qué no intentáis manteneros lo más alejados posible del límite entre los dos ranchos? De hecho, creo que no deberíais acercaros al rancho de Skaggs lo más mínimo durante una temporada –añadió, consultando a Gray con la mirada.

–No puedo. Tengo que cuidar de los ponis.

–Podrías enseñarle a alguno de nuestros rancheros cómo hacerlo –propuso Cinco–. ¿Por qué no llamas a tu padrastro y le dices que Abby y tú vais a estar fuera unos días y que enviaréis a alguien para que se ocupe de los ponis?

Su primer impulso fue oponerse. No sabía si podía confiarle a alguien el cuidado de sus ponis. Pero luego miró a Abby, la cicatriz de la mejilla y la expresión vulnerable de sus ojos. Y tomó la única decisión posible.

–De acuerdo. Estoy seguro de que mi padrastro no pondrá pegas a eso. Pero tengo que recoger un par de cosas.

–Vale –Cinco asintió con la cabeza–. Abby se quedará aquí. Que te acompañe Jake por si acaso. ¿Tienes que entrar en la casa de los Skaggs para recoger lo que necesitas?

–Un momento –interrumpió Abby–. ¿Por qué tengo que quedarme aquí?

–No quiero que te acerques al rancho de los Skaggs hasta que hayamos acabado con esta historia –contestó Cinco–. Estoy seguro de que Gray me comprende.

–Tu hermano tiene razón, Abby. Iré más rápido si no tengo la preocupación de que podrían herirte por mi culpa –dijo tras ponerle una mano en el hombro. Luego miró a Cinco–. No tengo que ir a la casa. La mayoría de las cosas que necesito están en mi caseta.

–Pero Gray... –se resistió Abby.

–No tardaré –le aseguró él–. Dos horas como mucho.

–Y tú también estarás entretenida arreglando algunas cosillas –añadió Cinco.

–¿Yo?, ¿qué tengo que hacer?

–Creo que estaría muy bien si fingierais que os vais de viaje –comentó Cinco–. De ese modo, cualquiera que suponga una amenaza para vosotros bajará la guardia hasta que volváis. Aprovecharemos ese tiempo para desenmascararlo.

–Pero, ¿adónde vamos a ir? –gruñó Abby–. Yo no quiero irme del rancho.

–Ya, ya lo sé, cielo –Cinco sonrió–. Sé que no dejarías que nadie te aleje del rancho. Pero se me ha ocurrido una cosa. ¿Te acuerdas de la cabaña del abuelo Teddy?, ¿la que está junto al arroyo Rockridge?

Gray vio una luz especial en los ojos de Abby. Un brillo que no había visto hasta entonces. Algo suave, nostálgico quizá, no podía estar seguro.

–Claro. Nos pasábamos el día entero jugando de pequeños –contestó ella–. ¿Cómo voy a olvidarla? Le tengo muchísimo cariño a esa cabaña.

–Bien, el caso es que Meredith y yo pasamos por ahí hace unas semanas. La cabaña necesita un par de arreglos, pero el tejado está bien y el pozo sigue funcionando –dijo Cinco–. Si os llevo un camión con provisiones, unas herramientas y un generador, ¿podríais vivir allí una semana o dos?

–Claro, supongo que sí –contestó Gray. Luego pensó en la posibilidad de pasar dos semanas a solas con Abby y estuvo a punto de decirle a Cinco que era una idea horrorosa. ¿Cómo mantendría las manos alejadas de ella en esas circunstancias? Sobre todo entonces, una vez que ya sabía los tesoros que la aguardaban–. Pero... ¿cuántas habitaciones tiene la cabaña?

Cinco rio y pasó un brazo sobre los hombros de Gray.

–¿Por qué?, ¿te preocupa que los amigos y familiares de Abby piensen mal de ella por pasar una semana a solas contigo? –dijo y le dio un golpecito en el brazo–. Nadie sabrá que estáis ahí salvo Jake, Meredith y yo. Y a nosotros no nos va a escandalizar que Abby duerma en una cabaña con su prometido.

Gray sintió una presión en el pecho. No le gustaba mentir a Cinco. Siempre lo había tratado bien y Abby lo quería sin reservas.

Aparte de en la mentira sobre el noviazgo, Gray tampoco quería pensar en pasar una noche tras otra en la misma habitación que Abby, la mujer con la que estaba intentando desesperadamente mantener las distancias.

–Cinco, creo que deberíamos decirte... –arrancó Gray, pero Abby le dio un codazo. Se giró hacia ella y vio con claridad el significado de su mirada.

–¿Decirme qué? –preguntó Cinco.

–Da igual –Gray se encogió de hombros–. Es que tengo cierta experiencia reconstruyendo casas y quizá no te guste todo lo que haga en la cabaña.

–No te preocupes por eso –respondió sonriente Cinco–. Haz lo que se te ocurra. Cualquier mejora será bienvenida... Aunque sospecho que mi hermana no te va a dejar mucho tiempo –añadió con picardía.

Y eso, justamente, era lo que le daba miedo a Gray.

Seguía maldiciendo entre dientes veinte minutos después mientras metía otro par de vaqueros en una maleta. La cabeza le daba vueltas con un sinfín de preguntas y emociones estúpidas de las que no conseguía desprenderse. No había cosa que le disgustase más que sentirse tan ofuscada.

Si Cinco no hubiera propuesto que fueran a la casa del arroyo Rockridge, quizá hubiera sido ella la primera en confesarle la verdad y se habrían quedado en la casa del rancho, alejado de la turbadora presencia de Gray. Pero le atraía la idea de pasar unos días en la pequeña cabaña de su infancia.

En realidad, la había echado muchísimo

de menos desde que sus padres habían desaparecido. Pero no había tenido valor para ir allí sola. Le recordaba demasiado a su madre. Abby trató de pensar a qué se debería, pero no llegó a ninguna conclusión. Supuso que sería por el cariño que su madre le había tenido siempre a aquel lugar.

La familia de la madre de Abby había vivido en Texas desde hacía casi doscientos años y Kay siempre decía que la cabaña le recordaba las historias que le habían contado sobre los primeros asentamientos y las dificultades de los primeros pobladores para establecerse.

Abby pestañeó y se encontró las mejillas humedecidas. Maldita fuera. Tal vez no fuese tan buena idea ir a la cabaña. No solo tendría que enfrentarse a lo que sentía por Gray, sino que quizá tendría que vérselas con recuerdos enterrados de su madre.

Abby necesitaba proteger dentro del corazón la memoria de Kay Gentry. Nadie podría ayudarla a superar su pérdida, nadie le devolvería a su madre.

Pero el problema de Gray y de lo que sentía por él sí que tenía que hablarlo con alguien. Alguien que tuviese un poco más de experiencia en esas cosas.

Cerró la cremallera de la bolsa y bajó con ella las escaleras en busca de su cuñada. Con ella no le daba vergüenza hablar. Y quizá pudiera comprenderla.

Abby encontró a Meredith en el despacho que Cinco había hecho construir especialmente para ella. Allí tenía libros, mapas, planos de aviación y dos ordenadores. Pero no era un despacho sobrio, sin gusto. Las paredes estaban pintadas en un tono verde suave, la tapicería del sofá era color crema y el suelo de madera tenía un brillo femenino.

Cinco había puesto a Meredith a cargo de la flota aérea del rancho. Pilotaba en caso de necesidad y programaba todos los demás vuelos que entraban o salían del espacio aéreo del Rancho Gentry.

Abby sabía que era una piloto fantástica. Y una mujer accesible y comprensiva. Las dos habían conectado desde el momento en que las habían presentado.

Además, Meredith quería a Cinco con una pasión que se traslucía en sus ojos y Abby la quería también por eso.

–¿Tienes un minuto? –le preguntó tras llamar a la puerta del despacho.

–Abby Jo –Meredith se acercó para envolverla en un abrazo cariñoso–. ¿Cómo estás? Me tenías preocupada.

—Físicamente... bien, pero... –Abby vaciló. No sabía cómo empezar exactamente.

—Problemas del corazón, ¿no? –adivinó Meredith al tiempo que la invitaba a entrar en el despacho–. Pasa, siéntate y al menos hablamos un rato. Yo también tenía intención de preguntarte por Gray –añadió tras ofrecerle un poco de agua.

Abby aceptó la botella helada y la dejó distraída sobre una mesa.

—¿Sí?, ¿qué quieres saber de Gray?

—Bueno, quizá me esté equivocando y no sea él –arrancó Meredith–. Pero he estado estudiando un poco de historia de Texas, investigando... una sorpresa para Cinco. Ya sabes, si voy a ser ranchera de Texas, está bien conocer el pasado de las tierras.

Abby dio un sorbo de la botella de agua y asintió con la cabeza. Meredith se abrió otra botellita para ella antes de proseguir:

—El caso es que me he encontrado con el apellido Parker un par de veces y me preguntaba si Gray estaría emparentado con ellos... aunque dice que no es de Texas.

—¿Parker? –Abby trató de asociar ese apellido con algún personaje relevante de la historia de Texas.

—Hace poco terminé de leer una biografía

sobre Cynthia Anne Parker, capturada en una batida y criada por la tribu comanche –dijo Meredith–. El apellido y el hecho de que los indios perteneciesen a la tribu comanche me llamó la atención. ¿Te suena de algo?

–Sí, claro. Todo el mundo conoce la historia. La mayoría de los texanos de esta parte tenemos sangre comanche en generaciones pasadas, pero esa historia hace que no lo aireemos. No tengo ni idea de si Gray está relacionado con esos Parker.

–¿Cinco y tú tenéis sangre india?

–Un poco –Abby asintió con la cabeza–. Hace muchas generaciones.

–Cuéntame tu versión de lo que pasó –le pidió Meredith–. Siempre es mejor oír las cosas por boca de un nativo que limitarse a leer un libro.

–Vale –Abby hizo memoria para relatar los acontecimientos–. Corría el año 1836 y el territorio de Texas apenas estaba asentado. México seguía reclamando la mayor parte de las tierras, pero ese año ganamos nuestra independencia. Los comanches intentaron dejar el campo libre, para que los búfalos y los caballos salvajes pudieran correr y pacer con libertad. Los ingleses que llegaron del este se enfrentaban a varios enemigos... Un día, una tribu comanche realizó una emboscada y secuestró a Cynthia Anne Parker. Entonces tenía nueve años. En vez de matar a los niños, los indios solían adoptarlos y educarlos como si fuesen suyos. La mayoría de ellos desaparecían y nunca más se volvía a saber de ellos.

Abby dio otro sorbo de agua y oyó nítidamente la voz de su abuela, contándole por enésima vez la triste historia de la niñita secuestrada.

–La cuestión es que Cynthia Anne tenía treinta y tres años cuando su familia biológica la encontró con su nueva familia comanche. La recuperaron y mataron a su marido indio, pero los hijos huyeron y corrieron de vuelta hacia la tribu –prosiguió Abby–. Pero Cynthia Anne había sido comanche demasiados años. Ya no quería volver con los blancos. Su familia, sin embargo, no le dejó volver con sus hijos. Enfermó. No conseguía entender las costumbres de los blancos, que había olvidado con el tiempo. En menos de cuatro años, la pobre Cynthia Anne murió de pena.

–¿Qué fue de sus hijos? –quiso saber Meredith.

–No estoy seguro de todos, pero sí que uno de ellos se convirtió en un jefe famoso:

Quanah Parker –Abby sonrió satisfecha por sus conocimientos de Historia–. Vivió muchos años y se casó con muchas mujeres. Tengo entendido que tuvo más de veinte hijos.

–De modo que es posible que Gray descienda de él –comentó Meredith.

–Puede –murmuró Abby–. Se lo comentaré.

Algo de la historia que acababa de contar era importante, pero a fe que no se le ocurría qué podía ser ni por qué resultar de interés. Abby volvió a centrarse en su situación actual y decidió abordar la cuestión por la que había ido a ver a Meredith.

–Me preguntaba si podías contarme un poco... cómo hacer que un hombre... bueno, quiera hacer el amor.

Se llevó la mano a la boca nada más pronunciar las palabras. No podía creerse que hubiese sido tan descarada, o estúpida, de preguntar algo así.

Después de unos segundos para reponerse de la sorpresa, Meredith esbozó una sonrisa luminosa.

–¿Es que no habéis... consumado el acto todavía?

Sí, desde luego que había sido una pregunta estúpida.

–Por supuesto que sí –corrió a aclarar Abby–. No es eso. Pero... Lo cierto es que dice que no quiere volver a hacerlo... Hasta que estemos casados, se entiende. ¿Crees que es porque no le gustó lo que hicimos? –añadió tras decidir que sería mejor seguir adelante con la mentira.

–Lo dudo. Pero a ti te gustó mucho y no quieres esperar, ¿no es eso?

–Sí –Abby suspiró. Esa era la verdad. Aunque era la primera que no quería un compromiso a largo plazo, se había dado cuenta de que quería volver a tener un contacto íntimo con Gray. Necesitaba descubrir más cosas sobre los extraños sentimientos que había experimentado mientras estaban juntos y abrazados.

–Bueno, se me ocurren un par de cosas que pueden venirte bien –Meredith le rodeó los hombros–. Pero antes enséñame la ropa que has metido en la bolsa para la semana que vais a pasar en la cabaña.

–¿La ropa?, ¿quieres decir los vaqueros y las camisas?

–No, cariño –Meredith sonrió–. Me refiero a ropa interior y camisones.

Capítulo Diez

—**A**bby, por favor, háblame —Gray pensaba que el silencio ya duraba demasiado.

Cinco y Jake Gómez acababan de marcharse y Abby se había puesto a colocar las provisiones en la cabaña. Durante el trayecto a caballo a lomos de Nube Tormentosa y la yegua de Abby, esta apenas había dicho unas pocas palabras.

Gray había tratado de que le contara en qué pensaba, si estaba enfadada con él por haber estado a punto de revelarle el secreto a su hermano. Pero ella se había limitado a negar con la cabeza, callada. No quería presionarla ni enfadarla más todavía... pero su paciencia tenía un límite.

—¿Qué te ronda por esa cabecita linda? —probó de nuevo.

—Ya tendremos tiempo de sobra para hablar más adelante —contestó Abby con sequedad—. Ahora quiero almacenar los alimentos y luego levantar un cobertizo para los caballos.

Siempre tan práctica, así era su Abby.

Nada más pensar las palabras, trató de borrarlas de la mente. Pero ya era tarde. Había pensado que le pertenecía. Al menos, deseaba que lo fuera.

Era tan bonita, estaba tan llena de vida. Era la mujer más erótica que jamás había visto. Y tenía sueños, visiones que podían resultar un auténtico tesoro en caso de necesidad. Estaba deseando tocarla, volver a tenerla entre sus brazos.

La necesidad lo asfixiaba. Era mucho más que un simple deseo. Tenía que poseerla, fundirse con la esencia de Abby.

—¿Vas a estar en las nubes todo el día?, ¿o vas a ponerte a arreglar la cabaña, tanto que presumes? —lo provocó.

De acuerdo, pensó Gray después de tragar saliva. Tenía que bajar de aquella nube de bruma y poner los pies en la tierra, volver a la realidad. Abby nunca le pertenecería. No debía volver a tocarla jamás, no sería honorable.

Al menos era una suerte que anocheciera tan tarde en esa época del año. Los días eran largos... y parecía que se le harían mucho más largos todavía.

Gray terminó de conectar el generador que Cinco y Jake habían llevado. Parecía que el cableado se había hecho hacía mucho tiempo. Gray calculó que la cabaña tendría alrededor de cincuenta años. En cualquier caso, tenía bombillas y un par de enchufes más. Lo mejor del lote eran la nevera y un calentador de agua.

La fontanería no era óptima de todos modos. Pero más valía un chorrito de agua caliente que nada en absoluto. Gray vio que no le faltarían entretenimientos si quería hacer de la cabaña un lugar más acogedor.

Salió y vio que Abby había desensillado a su caballo. Lo sorprendió ver la tranquilidad de Nube Tormentosa, tan feliz con sus atenciones.

Gray contuvo una risilla. Parecía que Abby había conseguido engatusar a más de un comanche solitario.

—Siéntate un rato y tómate un refresco —la instó.

Se giró hacia él, pero el ala del sombrero ensombrecía sus ojos.

—Tenemos que hacer un refugio para los caballos, algo que les dé sombra para protegerlos del sol —contestó—. Descansaremos cuando hayamos terminado.

—Abby, estos caballos pueden estar perfectamente una noche o dos sin refugio. Lo sabes tan bien como yo. Es primavera... no estamos en pleno verano... ni en lo más duro del invierno. Nube Tormentosa pasa casi todo el tiempo al aire libre. Si tanto te preocupa que tengan sombra, podemos atarlos a los sauces que hay junto al arroyo.

–Pero... –Abby se dio por vencida–. Está bien: si sacas la comida y los refrescos que nos ha preparado Lupe, haré una pausa. En cuanto dé de comer a los caballos.

–Abby, los vas a malcriar. Tienen hierba de sobra alrededor –Gray sonrió. Cuidaba más de los caballos que de ella misma. Pero no le diría lo que sentía. Bastante hacía con mantener un poco de distancia y hablar de forma medianamente coherente.

Abby no le hizo caso y abrió los paquetes con la comida para los caballos. Gray sacó un pollo frito y termos con limonada. Si no quería separarse de los caballos, siempre podía organizar un picnic para los dos afuera.

Arrastró una mesa vieja que había en la cocina y la colocó fuera. Cada vez que se movía a un sitio desde el que podía verla, se maravillaba con lo bien que encajaba Abby en su vida, cuidando de los caballos y usando los músculos de su cuerpo como aconsejaba el Gran Espíritu.

Cuando estuvo todo listo, la invitó a unirse a él. Una vez que se sentaran, esperaba sonsacarle qué era lo que le daba vueltas a la cabeza y la tenía tan callada.

Pero Abby lo sorprendió, formulándole una pregunta primero:

—Por curiosidad, ¿eres familia del Jefe Quanah Parker? —dijo tras hincar el diente en su primer bocado de pollo.

—Vaya pregunta —Gray sonrió, encantado con que estuviese interesada en su pasado—. Pero sí, Quanah Parker, hijo del jefe de los noconi, fue uno de mis antecesores. Recuerdo que mi abuelo me llevó de niño a ver su tumba, allí en Oklahoma. El monumento y la lápida de granito me impresionaron. Nunca olvidaré lo que ponía.

Gray vaciló, pero le pareció que Abby estaba interesada, así que le dijo la primera parte del epitafio:

—Soy el viento que sopla en mil direcciones. Soy el diamante que brilla en la nieve. Soy la luz de las cosechas. Soy la lluvia de otoño. Cuando despiertas al arrullo de la mañana, soy el arrullo. Cuando miras las estrellas de la noche, soy las estrellas.

—¡Qué bonito! —Abby suspiró—. No sabía que tuvieras alma de poeta... Quiero decir, que te molestarías en recordar unas palabras tan bellas.

Gray sonrió y se tragó el último bocado

de su ensalada de patatas.

–Aprecio la belleza allá donde la veo –contestó y estiró una mano para quitarle de la barbilla una miguita, dejando los dedos más de lo necesario para acariciarle la suave piel que rodeaba sus labios–. Y tú eres preciosa, Abby.

Esta abrió los ojos, se echó hacia atrás para romper el contacto, rechazó el halago:

–No soy ni bonita, mucho menos preciosa –murmuró–. Pero tú sí que eres fantástico.

–Vaya, veo que sentimos admiración mutua –dijo Gray–. Eso está bien. Al menos no sufriremos contemplando caras feas estos días que pasaremos juntos.

Abby se revolvió en el asiento y empezó a juguetear con los platos de plástico.

–Será mejor que recojamos si ya has terminado –dijo ruborizada. Resultaba encantador.

–De acuerdo –accedió Gray–. No tardará en anochecer. Va siendo hora de ver dónde ponemos los sacos de dormir.

Un relámpago de miedo cruzó los ojos de Abby antes de ponerse de pie y alejarse.

–Creo que prefiero dormir fuera. Buscaré un sitio en el arroyo, junto a los caballos. Tú duerme donde quieras.

Se levantó y le agarró un hombro antes de que pudiese organizar los pensamientos:

—Espera, Abby. No me tendrás miedo, ¿no? —preguntó. Ella negó con la cabeza, pero los ojos se le nublaron de lágrimas—. Siéntate, cuéntame qué te pasa.

Abby dudó, pero terminó tomando asiento en el banco frente al que habían puesto la mesa. Gray se sentó a su lado.

—Recuerdas que te dije que lo que pasó entre nosotros no debía volver a pasar, ¿verdad? —Gray no esperó a que asintiera con la cabeza—. Lo decía en serio, Abby. No tienes nada que temer.

—No es eso —contestó apenada—. En realidad, me gustaría... No es de ti de quien tengo miedo, Gray. De hecho, me encantaría que vinieras a tumbarte conmigo otra vez.

—Entonces, ¿qué es lo que te asusta? —quiso saber Gray. Fuese lo que fuese, se las arreglaría para espantar sus temores. Quería borrar la expresión melancólica de sus ojos.

—Los recuerdos —contestó Abby tras lanzar una mirada perdida hacia la cabaña—. No consigo estar dentro de esa cabaña tranquila. Me duele... en el pecho... Me duele de verdad.

—Pero yo creía que este sitio te encantaba. ¿No decías eso?

—Sí —Abby parpadeó, como tratando de soportar un gran dolor—. Pero eso fue antes de entrar y mirar... No puedo... no consigo reunir fuerzas para volver.

—Cuéntame qué has visto, que te ha disgustado —dijo con cautela—. Quizá pueda hacer algo para cambiarlo...

Abby negó con la cabeza, pero esbozó una sonrisa dulce.

—No puedes hacer nada. Sé que solo son fantasmas, pero no puedes ahuyentarlos.

Abby trató de expresar con palabras sus sentimientos. Gray parecía desear ayudarla sinceramente. Sabía que no podría arreglar aquel problema, pero se merecía una explicación.

—Cuando he entrado en la cabaña, he oído la voz de mi madre, hablándome de sus antepasados texanos, de cómo arreglaron el sitio y lo convirtieron en un auténtico hogar —comentó despacio—. A mamá siempre le gustó este lugar. Había jugado aquí de pequeña. Y cuando se casó, papá arregló la casa lo suficiente para pasar la luna de miel en ella... Y mi hermano Cal y yo nos pasamos horas jugando. Cinco venía a veces, pero era mayor y no tardó en descubrir que las chicas eran más divertidas que dos hermanos pequeños... Cal y yo nos inventábamos historias y las representábamos. Nos convertíamos en estrellas de cine, vaqueros o simples rancheros como nuestros padres –Abby sintió el calor de una lágrima y pestañeó para impedir que se le saltara.

Gray le agarró las manos, tratando de consolarla con el contacto.

Pero Abby sacudió la cabeza y apartó las manos para apretar los puños y poder seguir hablando sin venirse abajo:

–La última vez que vi a mi madre me dijo que iba a arreglar la cabaña para mí... que la iba a convertir en una casita de muñecas. Cal se iba a marchar a la universidad, igual que Cinco, y yo también quería tener un sitio al que ir. Mamá dijo que en cuanto volviese del crucero que iba a hacer con papá, empezaría a reconstruirla –Abby se mordió el labio inferior y combatió las imágenes que se agolparon en su cabeza–. No cumplió su promesa. Nunca volvió. Y yo... decidí que no necesitaba ninguna casita de muñecas. Y que no quería promesas de nadie más. Total, soy la clase de persona que está mejor fuera con los caballos y trabajando en el rancho.

—Abby —Gray pasó un brazo sobre sus hombros y la apretó contra él—. No tienes por qué enfrentarte a tus fantasmas si no quieres. Dormiré afuera contigo. Y nos ocuparemos de la fontanería, el tejado y la pintura. Si hay que hacer algo dentro, me ocuparé yo.

—¿De verdad?, ¿no te importa acampar afuera?

Abby no podía creerse que fuese tan tierno y caballeroso. Sus atenciones estuvieron a punto de romper su determinación de no llorar.

—¿Qué clase de comanche sería si tuviera que pasar todo el tiempo bajo techo? —bromeó Gray—. Simularemos que estamos haciendo un viaje largo. Solo que en vez de guiar vacas, tenemos que vigilar la cabaña, ¿te parece?

Cuarenta y ocho horas después, Abby se secó el sudor de la nuca con un pañuelo polvoriento y maldijo para sus adentros por el calor tan intenso. Vivir y trabajar al aire libre tenía un par de cosas muy poco románticas, pensó. Lo que más echaba de menos era no poder darse una ducha caliente y no disponer de lavadora.

Estiró la espalda y buscó a Gray con la mirada. Había bajado de la escalera hacía un par de minutos, diciendo que necesitaba un par de puñados más de guijos.

Hablando de Gray, esa era la otra cosa que cambiaría si pudiese: tener otra oportunidad con él. Dormir en un saco junto a una hoguera podía estar bien para una chica Scout, pero la dejaba insatisfecha en el apartado erótico.

Soñaba con colarse en su saco a mitad de la noche. Deseaba sentir sus manos por todo su cuerpo de nuevo. Pero Gray guardaba las distancias, sacudía la cabeza cuando ella empezaba a suplicar y le decía que no había olvidado sus promesas. Mientras tanto, la ropa interior tan atrevida que Meredith la había apresurado a comprar seguía nuevecita... sin usar, esperando su momento.

El grito de Gray la sorprendió y la hizo mirar el horizonte para ver qué podía ocurrir.

—Abby, baja del tejado.

Entonces la vio, la nube de polvo que se levantaba en el camino, directo a la cabaña. Tenían visita.

Bajó del tejado, corrió hacia una bolsa y sacó el móvil. Lo abrió y tecleó el teléfono de Cinco.

Nada. Se apartó el móvil de la oreja y vio que la pantalla estaba en blanco.

—No funciona —comentó.

—No es de extrañar. Conviene conectarlo a una corriente eléctrica de vez en cuando para cargarlo —contestó con ironía.

Abby le lanzó una mirada de mira tú qué gracioso.

—Tenemos prismáticos. A ver si los encuentro.

Gray los encontró y ajustó la lente para la distancia a la que se hallaba la nube de polvo, cada vez más próxima.

—Parecen camiones de tu hermano.

Abby agarró su rifle y comprobó que estaba cargado.

Diez minutos después, Cinco bajó del primer camión, seguido por Meredith, que aparcó al lado.

—Espero que no pienses utilizar eso contra nosotros, hermanita —saludó sonriente Cinco al tiempo que apuntaba con la barbilla hacia el rifle.

Bajó el arma y negó con la cabeza.

—Nos has pegado un buen susto. ¿Por qué no nos has avisado de que venías?

Meredith llegó junto a Abby y le dio un abrazo de oso.

—Intentamos llamarte, pero no respondías. Tenemos buenas noticias.

Abby miró a su hermano, que estaba mirando el panorama para evaluar la situación. Era evidente que Gray y ella no se habían instalado dentro de la cabaña. Se preguntó qué diría Cinco al respecto.

Gray se situó junto a ella, como si quisiera defenderla de cualquier posible acusación que Cinco fuese a realizar. Pero su hermano se limitó a sonreírle, le estrechó la mano y le dio una palmadita en la espalda.

—¿Qué tal todo? —dijo y apuntó hacia los camiones—. Hemos traído más provisiones... y cierta información.

—Sentémonos —propuso Meredith—. Descargaré el hielo y los refrescos. Estoy deseando contarte lo que ha pasado, Abby.

Minutos después, habían quitado las herramientas de la mesa, le habían limpiado el polvo y todos estaban sentados con un refresco en la mano. Abby estaba un poco nerviosa. No estaba segura del giro que tomarían los acontecimientos.

—Enhorabuena —arrancó Cinco—. Eres tía.

Abby se quedó boquiabierta. No era eso lo que esperaba oír. De hecho, se había olvidado por completo de que su hermano Cal estaba esperando un bebé.

–Ha sido niña –anunció Meredith con voz cantarina–. Es una ricura. Hemos visto una foto digital desde la cámara del hospital.

Cal no se había entusiasmado al conocer que iba a ser padre. De hecho, se había negado a que ninguno de sus familiares asistieran a su precipitada boda con Jasmine unos meses atrás. Abby pensó en la niñita y deseó que la actitud de su padre se suavizara a partir de entonces.

–¿Cuándo podemos verla? –preguntó.

–Jasmine nos ha pedido que esperemos a que salga del hospital y esté en casa –contestó emocionada Meredith–. Pero eso es mañana mismo. Los hospitales creo que te largan a los dos días.

Abby sonrió a su entrañable cuñada. Sabía que Meredith nunca había tenido una familia y que ese bebé la hacía sentirse como si perteneciera un poquito más a los Gentry.

–Cal la ha llamado Kaydie Elizabeth –dijo Cinco.

Abby sintió como si una tenaza helada le encogiera el corazón.

–¿Por mamá y la abuela? –preguntó.

–Espero que sea una señal de que Cal empieza a aceptar su vida y comienza a sentar cabeza –contestó Cinco tras asentir solemnemente.

Le habría gustado darle la razón a su hermano. Quería ser capaz de hablar de su familia como los adultos que eran. Pero no podía. El cielo se había oscurecido de repente y la humedad resultaba asfixiante.

Notó un pellizco en la mano. Se giró y se dio cuenta de que Gray estaba a su lado. Lo miró a la cara. Este vocalizó la palabra respira y Abby se acordó de meter algo de aire en los pulmones.

Por suerte, Meredith no captó la corriente subterránea de tensión, o si lo hizo, no le dio importancia.

–Vendréis a verla con nosotros, ¿verdad? –les preguntó–. Puedo recogeros con el helicóptero y luego vamos hasta Ft. Worth en el jet del rancho. Solo estaremos fuera un par de días como mucho.

Abby estaba más calmada, respiraba con normalidad. Estaba ansiosa por ver a su sobrina, pero...

–No te preocupes por Gray, si es lo que te frena –dijo su hermano.

Gray deseó que Cinco y Meredith se marcharan. Quería hablar con Abby. Quería saber qué estaba sintiendo. Había notado su dolor y necesitaba hacer o decir algo para ayudarla. Pero Cinco se dirigió a él, así que no le quedó más remedio que prestarle atención:

–También tengo noticias para ti –dijo sonriente–. Parece que quizá hayamos dado con una buena razón para que alguien quiera hacerte daño, Parker. De hecho, resulta increíble, pero supongo que si no contrataste a un abogado para defender tus intereses cuando murió tu madre, no podrás entender esto.

–¿El qué? –preguntó intrigado Gray.

–Tu madre te dejó algo aparte de los ponis –dijo Cinco–. Como sabrás, en su testimonio legaba todos sus bienes a un fideicomiso del que eres beneficiario... al que podrás acceder en cuanto cumplas treinta años.

–Ya, eso lo sé. Pero todavía me quedan dos años para los treinta –contestó Gray.

–Bueno, el caso es que Joe Skaggs se metió en un buen lío económico hace unos años. Tenía deudas con todo el mundo y estaba a punto de perder el rancho. Tu madre accedió a sacarlo del apuro utilizando parte de los ingresos por la venta de los ponis.

Gray sintió que el corazón se le encogía. ¿Por qué no lo había llamado su madre y le había dicho lo que ocurría? Él los habría ayudado.

–Pero tu madre era una empresaria brillante –continuó Cinco–. Por cada penique que pagaba para saldar los préstamos de Joe, adquiría una participación proporcional del Rancho Skaggs. Justo antes de morir, sus participaciones ascendían al cincuenta y uno por ciento... O sea, que cuando cumplas treinta años, tendrás el control del rancho. Joe solo tiene el cuarenta y nueve por ciento. Podrías expulsarlo de su propia tierra si quisieras.

Gray estaba estupefacto. Pero su cabeza no tardó en empezar a funcionar. Todavía tenía que encajar unas cuantas piezas, pero, por lo pronto, sentía una garra de rabia subiéndole por el pecho.

–¿Entonces crees que Joe Skaggs ha intentado matarme?, ¿para recuperar el control de su rancho? –Gray apretó los dientes y se levantó–. ¿Mi padrastro fue el que hirió a Abby?

Cinco negó con la cabeza y se puso de pie también.

–Por desgracia, esa teoría no tiene sentido. Ojalá fuera tan fácil. Pero si mueres, tu propiedad, incluido el fideicomiso, no iría a manos de Joe Skaggs. Porque no creo que tengas un testamento en el que le dejes todas tus posesiones terrenales, ¿verdad? –preguntó Cinco y Gray se limitó a apretar los puños dentro de los bolsillos–. Lo suponía. Iría a parar a tu siguiente pariente... como tu abuelo o Abby si estuvierais casados. Y si no pudiese ser ninguno de ellos, iría al Estado de Texas. Así que no, Joe es suficientemente listo como para complicarse la vida con el Estado.

–¿Entonces?

–Yo diría que uno de los chicos –contestó Cinco–. No son muy listos, no entienden de testamentos y fideicomisos. Pero los dos creen que podrían ganar algo quitándote de en medio.

–¿Los va a detener el comisario? –preguntó Abby.

–No, cariño. Todavía no hay pruebas suficientes. Pero ha puesto a un agente para que los vigile día y noche. Ya no habrá más ataques sorpresa. Apuesto a que no tardarán en delatarse –dijo Cinco antes de girarse a Gray–. Creo que será mejor que sigas aquí, lejos del rancho de Skaggs, hasta que el comisario detenga a alguien. Aunque no creo que sigas en peligro. Puedes estar tranquilo... Así que dile a mi hermanita que se puede tomar un par de días libres y dejar de hacer de guardaespaldas para conocer a su sobrinita, ¿vale? –añadió sonriente mientras abrazaba a Abby.

La había echado de menos. Solo habían pasado treinta y seis horas, pero se le habían hecho una eternidad sin su sonrisa.

Cinco y Meredith habían llevado un cargamento de provisiones y herramientas, así que se las arregló para mantenerse ocupado entre tanto. Les habían llevado comida, una lavadora portátil y más accesorios para la cabaña. Una bañera y una nueva cocina como cosas más destacables.

Y, por supuesto, la cama y el colchón de matrimonio. Quizá había sido al introducirla en la cabaña cuando su deseo por estar con Abby se había apoderado de todo su ser.

Apenas hacía unos minutos que había regresado. Estaba fantástica. Descansada, contenta y ansiosa por hablarle del bebé.

Si se hubiera parado a pensarlo, se habría preguntado por qué parecía como si su corazón no hubiese vuelto a latir hasta que había visto a Abby de nuevo. Pero no quería pensar mucho al respecto en esos momentos. Solo quería disfrutar escuchándola y mirándola mientras la ayudaba en los arreglos de la cabaña.

Como de costumbre, llevaba unos vaqueros y una camisa de trabajo y parecía dispuesta a ensuciarse las manos. Con ella a su lado, avanzarían mucho más rápido. Si es que lograba controlar sus propias manos, claro.

–Te ha cundido muchísimo –comentó ella mientras le acercaba una llave inglesa–. Esto tiene una pinta cada vez mejor.

El sol los estaba bañando en sudor. Pero Abby no parecía inmutarse. Lo miraba trabajar en la última de las cañerías que llevarían agua a la casa para hacer funcionar la lavadora portátil y poder darse un buen baño en condiciones.

Abby le había pasado la llave inglesa sin que Gray hubiese necesitado pedírsela. La había agarrado antes incluso de que se le ocurriera que iba a hacerle falta. Formaban un equipo estupendo, pensó en silencio. De hecho, encajaban tan bien como las pestañas macho y hembra de las cañerías que acababa de empalmar.

La verdad le golpeó como un rayo cegador. De pronto, supo que la amaba. ¿Podía ser tan fácil y complejo como eso?

Pero, una vez que había tomado conciencia de sus sentimientos, no tenía la menor idea de qué hacer al respecto. No podía casarse con Abby. Pero, aun a riesgo de enfadar a sus antepasados, sabía que tampoco podría abandonarla nunca.

–¿Gray? –lo llamó Abby y su voz le sonó a música celestial–. ¿Has avanzado mucho dentro de la cabaña mientras estaba fuera?

La pregunta lo pilló por sorpresa, pero no tardó en reaccionar.

–Eh, bueno, un poco. ¿Quieres pasar a verlo? –le preguntó con cautela.

–Sí –Abby asintió con la cabeza–. Y quiero contarte lo que me ha dicho Cinco mientras íbamos a Ft. Worth. Me sacó de quicio. Me puse hecha una furia… hasta que Meredith me hizo pensar un poco y me di cuenta de que tenía razón.

Gray dejó las herramientas y se secó las manos con un trapo.

–¿Me lo quieres contar dentro? La nevera funciona. Podemos tomarnos un refresco y hablar –dijo con cautela–. Si es que crees que puedes aguantar dentro de la cabaña.

–Quiero intentarlo –contestó ella–. Es importante que lo intente.

Gray abrió la puerta y la invitó a pasar del calor sofocante al frescor del interior. Abby se paró unos pasos más allá de la entrada.

–¿Estás bien? –susurró Gray tras ponerle las manos sobre los hombros para darle fuerzas.

Abby no se giró ni siguió adelante, pero colocó una de las manos sobre la de él como para capturar la calma que Gray intentaba transmitirle.

–Sí –respondió con voz trémula–. Has hecho un trabajo estupendo, Gray. Está como siempre la imaginé –añadió después de examinar la cabaña.

–Todavía queda mucho por hacer, pero creo que ya está habitable –Gray oyó un trueno afuera, le llegó el olor de una tormenta que se avecinaba.

Abby siguió sin moverse. Se recostó contra el torso de Gray y suspiró.

–Una vez Cinco empezó a llamarme niñita y me puse a gritarle para que me tratara como a un adulto. Contestó que nunca sería una mujer mientras no superara la desaparición de mi madre y pudiese estar dentro de esta cabaña.

Gray deseó poder verle los ojos para decidir cómo manejar la conversación, qué decir para hacerla sentirse mejor. Pero intuía que necesitaba el calor del brazo más, así que la apretó de forma que su espalda quedase pegada a su corazón.

–Me enfadé. No me gustó que me dijera eso —confesó ella—. Pero Meredith me hizo ver que podía honrar la memoria de mi madre y aceptar que no iba a volver. Necesito... y quiero... construir mi propia vida.

Gray apoyó la mejilla sobre la coronilla de Abby.

–No seas tan dura contigo. Solo necesitas un poco de tiempo —dijo mientras oía el ruido de la lluvia sobre el tejado. Se alegraba de haber cubierto las herramientas—. Yo estaré contigo. Estaré aquí si necesitas apoyarte en mí.

Abby se giró para mirarlo a la cara, pero sin salir de su abrazo.

–Se me ocurre algo más que apoyarme —sonrió—. Me gustaría enseñarte unas cosas que he traído.

Un rayo iluminó la cabaña, pero el brillo de su mirada encerraba una seducción más importante.

Capítulo Once

Abby se puso de puntillas, empujó hacia abajo la cabeza de Gray y le dio un beso suave en los labios. Este oyó el ruido de la sangre agolpándose en su cabeza... rugiendo... por encima del trueno.

Intentó respirar, pero Abby le había bloqueado el sistema respiratorio. No solo habían dejado de funcionarle los pulmones, sino también el cerebro. El honor, el deber, las promesas... se olvidó de todo. Sustituido por un único deseo: Abby.

Bajó la boca con fuerza para apoderarse de la de ella y el corazón empezó a latirle en los oídos hasta que dudó si el martilleo que sentía procedía de dentro o de la tormenta.

Abby tenía un sabor especial, fresco y delicioso, como la tierra húmeda después de la lluvia. Y quería absorberlo. Quería libar la esencia de Abby.

Introdujo un muslo entre sus piernas y la levantó sobre la mesa. Abby enloqueció. Y, de pronto, Gray sintió como si estuvieran en medio de una guerra, desgarrándose la ropa, luchando por sentir sus cuerpos piel contra piel. En algún rincón de la cabeza resonaban sus últimas palabras, algo de enseñarle no sabía qué, pero estaba tan desesperado que solo quería desnudarla.

Cuando por fin se hubieron despojado de la ropa, la olió, la saboreó. Mordisqueó la piel que bordeaba el monte suave de sus pechos desnudos mientras ella gemía de placer y le clavaba los dientes en uno de los hombros.

Se echó hacia atrás para tumbarse sobre la mesa, de modo que Gray pudiese encontrar sus zonas más sensibles con facilidad. Cambió los dedos por la boca y la lamió, chupó, colmó. Había perdido el control por completo.

Abby flexionó los músculos, se arqueó hacia él. Tenía una potencia que iba más allá del erotismo. Gray deslizó las manos por los músculos de sus muslos y ella tembló. De pronto, quería sentirla húmeda. Lo quería todo.

La fuerza de la intimidad hizo desaparecer su lado civilizado y dejó al descubierto a una fiera excitada. De alguna forma, el salvaje primitivo de su interior había logrado escapar.

Ya. Tenía que estar dentro de ella de inmediato. La volteó, poniéndola boca abajo sobre la mesa. Usó una mano para mantenerla quieta mientras recorría su espalda y el trasero con la otra.

Abby gimió, elevó las caderas hacia Gray, el cual le separó los muslos. Luego metió la mano libre por debajo de ella y la situó bajo su vientre. Le alzó las caderas todavía más y se acomodó en su interior. Estaba insoportablemente excitado y seguía poniéndose duro por segundos.

Movió la pelvis para sentirlo más dentro y terminó de arrebatarlo. Gray se lanzó contra Abby, la cual gimió mientras encajaba sus arremetidas. Lo único importante en esos momentos eran sus gemidos de placer mientras la penetraba.

La notó llegar hasta el umbral, sintió sus espasmos hasta que el clímax los alcanzó a los dos como un arco tensado... que los clavó en la eternidad mientras vertía su propia semilla dentro de Abby con una sacudida triunfante.

Un segundo después, empezó a temblar, pero consiguió levantarla en brazos y, besando cada centímetro de su cara, la llevó al dormitorio y se dejó caer con ella sobre la cama.

Aterrizó encima de su torso. Le encantaba sentirla ahí. Recorrió una mano por su espalda y la notó languidecer, relajarse junto a él.

—Te quiero —murmuró después de darle un beso en la sien. Abby se quedó quieta, dejó de respirar. Solo podía sentir el ritmo de su corazón acompasado al de Gray—. ¿Me has oído? Te quiero.

Abby se apartó, se sentó. De repente, una nube oscura había ensombrecido sus ojos.

—Te he oído —contestó con frialdad—. ¿Qué quieres decir?

—Que quiero estar contigo toda la vida —respondió con temor—. Quiero cuidar de ti. Quiero que cuides de mí. Quiero decir que te necesito.

—¿Me estás pidiendo que me case contigo?

—No se me había ocurrido —reconoció. Se sentó, fue hacia Abby, pero esta se apartó—. Solo sé que quiero tenerte a mi lado allá donde esté. Pero no estoy seguro de cómo va a ser posible.

Abby se levantó, se giró, caminó hacia la puerta de la habitación. Gray la siguió mientras ella recogía su ropa. Sintió un escalofrío por la espalda.

—Abby, corazón. No has dicho nada. ¿Tú también me quieres?

Ella negó con la cabeza, pero pareció un gesto de frustración más que de rechazo.

–No... no sé lo que siento. Sé que quiero estar contigo, pero... –dejó la frase sin finalizar y se puso los vaqueros.

Sintió que el orgullo se le resentía.

–No me quieres tanto como para comprometerte y dejar el Rancho Gentry cuando me vaya con los ponis, ¿es eso?

Abby permaneció indecisa, devastada por las dudas. Estaba convencida de que el problema no era abandonar el rancho. Pero, entonces, ¿qué problema había? Lo cierto era que no se había detenido a pensar en la posibilidad de amar a Gray. Sí, por supuesto que había fantaseado con hacerle el amor, pero no con estar enamorada. No, eso era otra cosa...

Oyó, de fondo, el ruido de la lluvia golpeando el suelo. Sintió que el corazón también se le anegaba.

Era demasiado de golpe. ¿Amor?, ¿necesidad? Sabía que lo quería... que quería estar con él. Pero en esos momentos solo sentía miedo. Los temblores parecían empezar en la boca del estómago y se extendían por todos sus músculos hasta estremecer todo su cuerpo.

Se abrazó el pecho con fuerza, como

intentando poner fin a los temblores. ¿No sería mejor que Gray la abrazara y la confortara como había hecho en el pasado?

Abby levantó la cabeza y vio que Gray se había vestido y estaba metiendo unas cosas en una de sus bolsas.

—¿Qué haces? —preguntó con cautela.

—Me vuelvo al rancho de Skaggs. He desatendido los ponis... y necesito ver a mi abuelo... hacer otras tareas.

—¿Te vas? —preguntó aterrada—. Pero... ¿qué pasa con el agresor? Aunque supiéramos con seguridad que es uno de tus hermanos, podría intentar atacarte otra vez.

Gray la miró y se encogió de hombros.

—Estarás bien. Si tienes miedo, basta con que te mantengas alejada del rancho de Skaggs. Llama a tu hermano, él te protegerá —dijo mientras levantaba su bolsa—. No te preocupes más por mí. Puedo cuidarme. El trato y el noviazgo de pega han terminado.

Abrió la boca para hablar, pero no consiguió pronunciar palabra. Se aclaró la garganta y lo intentó de nuevo:

—Pero dijiste que me debías la vida. Dijiste que siempre me protegerías —murmuró con voz ronca.

Gray se paró antes de llegar a la salida, pero no se giró a mirarla.

–Tu hermano te podrá proteger mejor que yo mientras estés en el Rancho Gentry. Si de verdad me necesitas... si algún día me necesitas... llámame. Volveré.

Y cerró de un portazo sin mirar atrás.

Se había marchado. Abby se dejó caer y lloró amargamente en el suelo, derramando lágrimas de egoísmo. Debería haber estado preparada para algo así. La gente que decía quererte siempre te dejaba. ¿Qué podía esperar?

Gray estaba sentado, totalmente quieto, sobre las pieles de su caseta, intentando olvidarse del hormigueo de las piernas y de los retortijones de hambre. Llevaba cuatro días ayunando y rezando para que los ancianos lo aconsejaran. Y seguía sin obtener respuesta. Estaba a solas con sus pensamientos agitados.

Después de irse de la cabaña de Abby, hacía más de una semana, había visitado a los ponis y a su abuelo. Todo iba bien. No había vuelto a saber de ella desde entonces, pero no podía sacársela de la cabeza.

Se frotó el corazón con la palma distraídamente.

Al regresar a las tierras de Skaggs, había

intentado ver a su padrastro. Pero Joe había desaparecido de forma misteriosa.

Gray tampoco se había cruzado con Milan y Harold, aunque a ellos no los había buscado de verdad. Si uno de esos dos idiotas era responsable del accidente que había podido costarle la vida a Abby... le daba miedo pensar en lo que podría hacerles.

No, después de considerarlo, Gray decidió que lo mejor sería dejar a los chicos en manos del comisario. Lo que de veras necesitaba era rezar por tener otra visión iluminadora. El corazón y la cabeza le dolían. Había hecho promesas, tanto a sus antepasados como a Abby. Se sentía obligado a cumplirlas.

Sabía que su destino era llevar a los ponis indios a las tierras de sus antecesores. Como sabía que era el *nemene* el que debía elegir a su futura esposa. Y recordaba su promesa de proteger a Abby toda la vida... pero ella no necesitaba tal protección.

Un nuevo pensamiento le desgarró el alma: Abby no lo necesitaba... para nada. Era fuerte, rica y capaz de cuidar de sí misma.

Gray avivó las llamas de la chimenea. Quería que hiciese más calor. Quería sudar su confusión, ya que lo demás no daba resultado. Quería centrarse en su deber original. Si no significaba nada para Abby Gentry, recuperaría su espíritu con los ponis y su gente.

Echó un poco de agua al fuego y volvió a oír el martilleo de la lluvia sobre el tejado. Las tormentas primaverales no habían cesado desde que había abandonado el Rancho Gentry. Un manto constante de agua, la niebla y un olor a cuero húmedo se habían convertido en viejos amigos.

Gray apartó la mirada de la chimenea, olió el humo, parpadeó.

–¿Quieres consejo, Gray Lobo Parker?

Gray vio la figura de Pia, la Gran Madre, ante sus ojos.

–Sí, sabia –susurró él–. Estoy perdido. No encuentro mi camino.

–Lo más sabio es seguir el corazón, hijo.

–Pero mi corazón me conduce a una mujer que no lleva nuestra sangre. No puede ser la elegida.

–La elegida lleva la semilla de tus antepasados. Mira hondo, Gray Lobo Parker. Mira entre la niebla del tiempo y encontrarás respuestas. El corazón no te ha mentido.

Gray sintió un escalofrío y vio a Pia acercarse a él. Su sombra le resultó amenazante de repente.

–Tu elegida te está buscando... pero la serpiente se interpone entre vosotros –lo avisó.

Se preguntó qué intentaba decirle la anciana. Tenía más preguntas, seguía muy confundido. ¿Qué pasaba con los ponis?, ¿y los...? Le pareció que la visión se estaba desvaneciendo.

–No entiendo –gritó–. Por favor, dime...

–Marcha ahora, hijo. Sigue tu corazón. Te necesitan.

Abby se hundió en el chubasquero. Cada vez llovía con más fuerza, pensó mientras intentaba ponerle la herradura al caballo.

Tenía que elegir el peor momento para tropezar con una roca. No es que no supiese arreglárselas. Todos los trabajadores del rancho sabían poner herraduras. Pero en esos momentos lo único que quería era encontrar a Gray.

Aunque... también le apetecía resguardarse de la lluvia.

Buscaba a Gray porque tenía muchas cosas que decirle... y el muy primitivo no tenía un móvil para poder llamarlo. Suspiró y se dijo que, de todos modos, lo que tenía que decirle era mejor hablarlo en persona.

Abby había aprendido mucho durante la última semana, sobre ella misma y lo que quería. Había librado unas cuantas batallas que arrastraba desde hacía tiempo, pero la lucha había terminado y por fin sabía lo que quería. Solo rezaba para que Gray accediera a oírla... que no lo hubiese echado todo a perder al dejarlo ir.

Un movimiento en los arbustos la hizo levantar la cabeza para ver qué había. Las gotas eran tan grandes que bastó que le cayeran un par del ala del sombrero para inundarle los ojos.

No le dio más importancia y supuso que se trataría de uno de los ponis, tratando de guarecerse de la tormenta. Había parado en la casa de Skaggs, pero no había encontrado a nadie. Por suerte, sabía dónde seguir buscándolo. Gray tenía que estar en su caseta o atendiendo a los ponis.

Se agachó para terminar su tarea y reemprender el camino cuando un nuevo ruido, el sonido de un caballo a galope, la hizo levantar la cabeza otra vez. Lo que vio la dejó sin respiración.

Gray cabalgaba hacia ella a lomos de su poni negro. Estaba desnudo de cintura para arriba y llevaba el cabello suelto hasta los hombros. Un collar con dos plumas de águila le colgaba del cuello. Con la lluvia resbalando sobre su bronceado pecho, Abby pensó que era demasiado bonito para ser real. Quizá había deseado tanto verlo que estaba teniendo alucinaciones.

La alucinación se bajó del caballo y la agarró por los hombros.

—¿Qué haces en tierra de los Skaggs? —le preguntó—. Aquí estás en peligro.

Gray estaba ahí, de verdad, tocándola.

—He venido a decirte algunas cosas.

Se acercó a ella lo suficiente para transmitirle el calor que su pecho irradiaba. Estaba desesperada por sentir su abrazo, pero todavía no llegó. Solo esperó que no tardase demasiado.

—¿Podemos ir a algún sitio más seguro... y seco primero? —preguntó con solemnidad.

—No, tengo que decirte... —Abby tomó aire—. Te quiero, Gray. Creo que siempre te he querido. Pero no había sido capaz de reconocérmelo.

—¿Ahora resulta que has decidido que me quieres? —preguntó con sequedad.

Abby sintió una punzada de duda. No podía ser demasiado tarde. No lo permitiría.

—Por favor, déjame terminar —le suplicó—. Antes no sabía que pudiera amar a nadie. Cuando mi madre desapareció, pensé que todo mi amor había desaparecido con ella. Estaba muy asustada. Me escondí como una niña pequeña y dejé que el mundo siguiera girando a mi alrededor. Mientras no creciera, no tendría que hacer frente al dolor.

–¿Qué ha cambiado? –preguntó con cautela Gray.

Abby se tragó el sollozo que estaba a punto de atragantarla.

–Después de pasar unos días sola en la cabaña de mi madre, escuchando mi corazón, conseguí perdonarla por abandonarme. Ya no estoy enfadada por su desaparición –Abby miró a los ojos del hombre al que amaba–. Quiero salir de mi escondite... permitirme necesitar amor. Te necesito, Gray. Necesito tu amor.

Este apretó los dientes, desvió la mirada. No podía ser verdad.

–Por favor, Gray. No te alejes de mí –le rogó Abby–. Iré donde vayas. Te seguiré al final del mundo si allí te llevan los ponis.

Estaba llorando y las lágrimas se mezclaban con la lluvia sobre sus mejillas.

Estiró los brazos hacia el cuello de Gray e intentó pegarse a él para que al menos su cuerpo recordara la sensación de estar con ella.

–Abby –gritó él–. ¡Atrás!, ¡cuidado!

Los siguientes segundos fueron un caos borroso y estrepitoso. Gray la puso entre su cuerpo y el del caballo mientras a lo lejos oía gritos... disparos. Abby pensó que había estallado un trueno cuando sintió un dolor agudo en un brazo.

Gray había agarrado su cuchillo antes de que efectuaran el primer disparo. Se dirigió hacia el agresor, oculto tras unos setos. Estaba decidido a acabar con aquello en ese mismo instante. Abby no volvería a estar en peligro.

Una bala pasó silbándole junto a la oreja. Luego, acto seguido, se oyó un segundo disparo, más lejano. Y un grito, más disparos y más gritos. Hasta que, de pronto, el tiroteo acabó. Todo estaba en silencio.

–¡Gray! –el grito dolorido de Abby aclaró la nube de cólera que había ofuscado su cerebro y se giró hacia ella.

Lo que vio le dejó el corazón paralizado. Estaba de rodillas en el barro, sangrando por un hombro. La sangre se mezclaba por la lluvia y corría por su cuerpo como una cascada rosa.

Sabía que tenía que dolerle, pero, aun así, estiró los brazos para suplicarle que volviera con ella:

–Por favor, Gray. Espérame. No me dejes –gritó.

–¡Gran Espíritu! –exclamó. Gray dejó el cuchillo en el barro y fue hacia Abby–. Estás herida.

Hincó una rodilla frente a ella y le rodeó la cintura con un brazo para ponerla de pie. Vio que no era una herida mortal, pero no podía soportar que hubiese estado a punto de perder la vida de nuevo. Al menos ya no sangraba tanto. Dio las gracias en silencio.

–Abby –Gray sacudió la cabeza para quitarse las gotas que le nublaban la visión–. Nunca volveré a dejarte, amor. Jamás. Te han herido por mi culpa. Dejé que mi orgullo se interpusiera en el camino de mi deber.

–¿Deber? –susurró ella–. ¿Así te sientes por mí?, ¿obligado?

–A veces me desquicias tanto que te estrangularía –contestó él tras negar con la cabeza–. Otras... me ciega el canto de sirena apasionado que puedes ser. Pero siempre... siempre te quiero, con cada aliento. Me temo que nunca podrás librarte de mí, corazón. Vas a tener que casarte conmigo y acostumbrarte a tenerme cerca de ti.

–¿Casarnos? –preguntó con voz trémula–. Pero creía que la tribu... los antepasados...

–Da igual, cariño. Tú eres lo único que importa. Y ahora tranquila. Tengo que vendarte el brazo y...

Gray oyó que alguien se movía detrás de ellos, por los setos. Miró hacia el rifle de Abby, todavía en las alforjas. Justo cuando iba a alcanzarlo, lo llamaron por su nombre.

–¿Señor Parker?, ¿señorita Gentry?, ¿están bien? –les preguntó un agente del comisario con el que Gray había coincidido antes.

–La señorita Gentry tiene una herida de bala en un brazo –Gray se levantó para agarrar el maletín de primeros auxilios de Abby–. No es grave, pero va a necesitar ver un médico... ¿Qué ha pasado? No veía quién disparaba –le preguntó al agente mientras buceaba en el maletín en busca de gasas y antiséptico.

El hombre examinó la herida de Abby y se rascó la barbilla.

–¡Vaya! –dijo sacudiendo la cabeza–. Esperaba que Milan no hubiese dado a nadie. No sabe cómo me alegro de que no haya sido peor, señorita.

–¿Milan? –preguntó Abby–. ¿Así que era Milan quien estaba detrás de Gray?

–Parece que los dos chicos han estado

intentando librarse de su hermanastro –el agente se encogió de hombros y se agachó a mirarle el hombro de cerca–. No sabe cómo lo siento, señorita Gentry.

–Me curaré. No es grave –Abby se giró hacia Gray, que ya había localizado las gasas y el antiséptico–. Entiendo que ha detenido a Milan, agente. ¿Y Harold?

–No pude parar a Milan... con vida. Lo seguí hasta aquí. El comisario me había dicho que no hiciera nada hasta que Milan fuese a atacaros. De pronto lo perdí de vista un segundo, con el aguacero y eso, y antes de darme cuenta había disparado –dijo el agente–. Le acerté a la primera. Solo siento no haber sido más rápido, señorita.

Abby contuvo la respiración mientras Gray le extendía el ungüento antiséptico sobre la herida. Gray apretó los dientes. No soportaba verla herida, pero la hemorragia había parado y no parecía que fuesen a presentarse más problemas.

–¿Qué hay de Harold? –le preguntó al agente.

–Un compañero lo ha seguido. Había ido tras su hermano. Cuando empezaron los disparos, apuntó hacia usted para intentarlo una última vez –explicó el agente–. Mi compañero lo espantó, pero no ha conseguido detenerlo... Así que si están bien, tengo que reunirme con los demás agentes. No tardaremos en arrestar a Harold. No podrá esconderse –dijo antes de despedirse y volver por donde había ido.

Gray terminó de vendar el brazo de Abby.

–¿Vas a ponerte a protestar cuando llame al helicóptero para que te lleven al hospital? –bromeó.

–No –contestó sonriente ella–. Más que nada, porque el móvil vuelve a estar sin batería.

–Ajá, veo que es verdad que me necesitas. Aunque solo sea para que te recuerde que lo cargues de vez en cuando –dijo antes de preguntar–. Bueno, ¿qué?, ¿te casas conmigo?

Abby sonrió, pero todavía tenía algunas dudas:

–¿Y tu pueblo?

Gray le acarició la mejilla y le dio un beso ligero en los labios.

–Por casualidad, elegida, ¿no tendrás un poco de sangre india entre tus antepasados?

–El caso es que sí –respondió Abby radiante–. Por parte de mi madre.

Epílogo

El sol brillaba sobre la cabeza descubierta de Abby. Una suave brisa primaveral le enredó el pelo y le levantó el vestido por los tobillos cuando se giró en busca de su flamante marido.

No le costó divisar a Gray entre la multitud. Estaba de pie, conversando con el comisario y Jake. Pero, mientras admiraba lo irresistible que estaba con aquel traje y el cabello recogido en una coleta, pareció intuir que Abby lo estaba mirando. Levantó la cabeza, encontró sus ojos al instante y sonrió.

Solo había pasado una semana desde que el comisario había detenido a Harold y el entierro de Milan. Podía haber esperado un poco más para celebrar la boda, pero a Abby no le había parecido que hubiese ningún motivo de peso para ello.

Miró a su alrededor a los amigos y familiares que se habían reunido en la cabaña de su madre. El abuelo de Gray había ido desde Oklahoma y tenía un aire distinguido con su indumentaria tribal. Meredith lo había acercado en el jet, junto con Cal, su esposa y la niñita.

Todos sus seres queridos estaban allí. Abby sintió cierta nostalgia al recordar que sus padres no se encontraban entre los invitados. Pero sonrió, segura de que estaban presentes en espíritu.

Hasta Joe Skaggs había asistido a la ceremonia. El comisario había tenido que llevarlo en una silla de ruedas. Al parecer, se estaba muriendo de cáncer, cosa que sabían los dos hermanastros de Gray, pero nadie más había imaginado siquiera.

Al saber que estaba a punto de morirse, Joe se había arrepentido de cómo había tratado a Gray y a su madre y habían cambiado su testamento, dejando el rancho a este. Sus hermanastros se habían enterado y habían tratado de librarse de Gray, haciendo que pareciese un accidente.

Pero Joe había ingresado en el hospital y, desesperados por matar a Gray antes de que su padre muriera y cambiase de nuevo el testamento en favor de los hermanastros, estos se habían precipitado.

Abby se alegraba de que Gray hubiese invitado a Joe. El hombre estaba muriéndose, acababa de enterrar a un hijo y el otro estaba encarcelado para siempre. Gray parecía estar reconciliándose con su padrastro.

También la alegró ver que su media naranja se abría hueco entre la gente hacia ella. El corazón le rebosaba de amor con cada paso que daba hacia ella.

–¿Cuándo podemos librarnos de los invitados, corazón? –le susurró al oído–. Quiero acostarme con mi mujer. Y no puedo esperar mucho.

Abby soltó una risilla. Estaba totalmente de acuerdo con Gray. Habían pensado pasar varios días allí, en la cabaña de su madre, a disfrutar de la luna de miel antes de partir hacia las tierras de los ponis y formar un nuevo hogar. Y tenía un cajón lleno de lencería que estaba ansiosa por estrenar.

–Si se te ocurre una forma de desalojarlos –murmuró a su oído–, tengo unas cuantas sorpresas que me gustaría enseñarte.

Gray la miró y sus labios dibujaron una sonrisa.

–Suena bien –dijo y sus ojos destellearon–. Yo también te tengo preparada una sorpresa.

–¿Qué es? Dímelo ya –le pidió con suavidad.

–Sabes que no puedo negarte nada –Gray suspiró contra su pelo–. Jake me ha contado que estas tierras estaban llenas de búfalos antes de los primeros asentamientos de hombres blancos. Parece ser que los ranchos de nuestras familias estaban en medio del camino por el que solían correr.

Abby no sabía adónde quería ir a parar, pero asintió con la cabeza.

—Es verdad. Recuerdo que me habían contado alguna historia. Los comanches cazaban por aquí, sí.

Comprendió el alcance de sus palabras nada más pronunciarlas.

—Le he preguntado al abuelo. Me ha dicho que los búfalos y los ponis salvajes ocupaban de México a las Montañas Rocosas —Gray sonrió—. Lo que significa que los ponis ya están en casa, Abby.

Se le saltaron las lágrimas. Por un momento, apenas pudo ver la cara del hombre al que amaría el resto de su vida.

—Entonces... —susurró con un nudo en la garganta—, ¿no tenemos que marcharnos? ¿Podemos vivir en la cabaña de mi madre y en el Rancho Gentry?

—Abby Gentry Parker, iré donde quieras ir hasta que cumplamos nuestro destino. Eres mi alma... mi elegida. Di un sitio y allí viviré contigo —Gray la estrechó entre los brazos y llenó de besos sus mejillas humedecidas–. De ahora en adelante, esté donde esté tu casa... ese será mi hogar.